시
선
에

담
다

시선에 담다

초판 1쇄 발행   2019년 9월 1일

지은이   최은서
펴낸이   소재웅
북디자인   이정민 D_CLAY
교정교열   편집팀
인쇄   일리디자인

펴낸곳   도서출판 훈훈
주소   경기도 고양시 덕양구 소원로 267
홈페이지   www.lifewriter.co.kr

ISBN   979-11-967762-0-6 (03180)

이 도서의 국립중앙도서관 출판예정도서목록(CIP)은
서지정보유통지원시스템 홈페이지(http://seoji.nl.go.kr)와
국가자료공동목록시스템(http://www.nl.go.kr/kolisnet)에서
이용하실 수 있습니다.(CIP제어번호: CIP2019030198)

시선에 담다

최은서 사진·글

Follow his sight
Follow his path

꿈…

당신은 꿈이 무엇이라고 생각하시나요?

아니, 당신에게 꿈은 무엇인가요?

단순한 직업? 앞으로 다가올 미래?

잡지 못할, 그저 환상같은 무언가?

저마다 각자의 다양한 답이 있겠지만 저에게 있어서 꿈은, 오늘이었습니다.

작가라는 직업은 저에게 있어서 가장 오래된 꿈이었습니다.

아주 어릴 적부터, (아마) 거의 신생아 때부터 잠이 없었던 저는 부모님께 큰 걱정이었습니다. 아기를 재우기 위해 모든 방법들을 동원해가며 애를 쓰시던 부모님께서 마지막으로 찾은 방법은 바로 책읽기였지요. 잠을 자지 않은 덕이라고 해야 할가, 어린 저를 재우기 위해 부모님께선 매일 밤 교대로 새벽 1,2시가 될 때까지 저를 무릎에 앉혀둔 채로 책을 읽어주셨고 덕분에 저는 또래에 비해서 말하는 것도, 글을 읽는 것도 남들보다는 조금 빨랐던 것 같습니다. 제 키가 더 크지 않은 이유는 어렸을 때부터 잠을 자지 않은 탓인 것 같다고 부모님께서는 이야기하시지만, 뭐 어쩌겠습니까?

비록 키는 조금 작더라도, 그 덕에 저는 책을 읽는 것을 좋아하는 사람으로 성장했기에, 후회하지 않습니다. 오히려 하루 종일 육아에 지쳐 힘드셨을 텐데도 불구하고 그렇게 노력해주신 부모님께 감사할 따름이죠.

6살 때즈음, 어떤 모임에서 처음으로 시를 써볼 수 있는 기회가 생겼습니다. 그때부터였을까요. 제 마음 깊은 곳에는 '작가' 라는 직업이 굳게 스며들게 되었지요.

그렇게, 10년이 넘는 시간이 훌쩍 지나고
여전히 제 마음 깊은 곳에 작가라는 꿈과 기대를 간직하고 있습니다. 어릴 적만큼 강력한 열정까지는 아니더라도 작가라는 직업을 잊은 적은 한 번도 없었습니다. 누군가 꿈을 물어볼 때면 가장 먼저 떠오르는 직업은 역시 작가였으니까요.

18살이 된 지금, 저에게는 책을 낼 수 있는 기회가 생기게 되었습니다. 어쩌면 평생 한번 올까 말까하는, 굉장히 큰 찬스였지요. 그러나 꿈을 이룰 수 있는 기회가 바로 눈앞에 왔음에도 불구하고 저에게 든 감정은 단순한 기쁨이나 즐거움, 설레임만은 아니었습니다. 오히려 처음에는 조금 무서웠습니다. 꿈을 이루게 된다는 것이 현실로 눈앞에 닥쳐오자 다른 어떤 걱정들보다 과연 '내가 해낼 수 있을까'라는 생각으로 가득찼습니다. 어릴 적 꿈꿔온, 작가가 되었을 때의 제 모습은 적어도 지금보다는 멋진 상태가 된 사람을 늘 상상해왔었으니까 말이지요. 뭔가 이루어낸 것도 없이 이렇게 불완전한 상태로 갑작스레 책을 내고 작가가 될 줄은 전혀 알지 못했기 때문에 그래서 겁이 났던 것 같습니다.
무엇보다 스스로의 기대감에 미치지 못할까봐요.

전 여전히 작고 어립니다.
이 책을 읽고 계신 독자분들, 어쩌면 저의 몇 배로 살아오신 분들이 이 글을 읽으면서 무슨 생각을 하실 지도 사실 걱정이 되는 것 같습니다. 귀여워 보일 수도 있고, 어쩌면 철이 없어 보이는 부분도 있을 것 같다고도 생각합니다.

앞에서 말했듯이 이 글을 쓰고 있는 저는 딱히 특별하지도 않고, 아주 평범한 대한민국의 한명의 청소년일 뿐입니다. 특별한 일을 겪은 것도, 경험이 많은 편도 아닌 것 같지만 그렇기에 그저 '나라는 사람의 이야기들을 담아내고 싶다'라고 생각하게 되었습니다.

평범한 한명의 청소년으로써 요즘 10대들의 생각에 대해, 남에게 차마 다 표현해내지 못한 저의 모습들에 대해, 그리고 무엇보다 18년 동안 살아온 저, '최은서'라는 사람에 대해서 한없이 솔직하게 풀어내보고 싶습니다. 작가라는 것은 글로 자신을 표현해내는 직업이니까요.

이것은 저의 책이지만 함께 울고 또 웃을 수 있는 그런 글을 적어보고 싶습니다.

나의 책, 나의 이야기.
우리의 책, 우리의 이야기.

이 글이 당신에게 어떤 느낌으로 다가갈지, 독자들이 공감을 할 수 있을지는 사실 잘 모르겠습니다. 누군가는 이 글을 보며 비웃을 수도 있을 것 같다는 생각에 조금 무서워지기도 합니다.

그렇지만,

이제부터 함께 읽어나가는 책이 되었으면 좋겠습니다.

이 책의 마지막 페이지를 읽고 있을 때 즈음은

당신의 마음에 나의 마음이 함께 스며들기를 바라는 마음으로.

저의 꿈에 함께 참여해 주시겠어요?

목차

거인

커다란 사람이 될 수 있을 줄 알았다.
바라는 것은 뭐든지 이루고, 꿈꾸는 대로
살아갈 수 있을 줄로만 알았다.

거인이 되고 싶었다.
모두를 한눈에 바라볼 수 있고,
또 모두가 나를 한번에 발견할 수 있을 만큼 그렇게 커다란
사람이 되고 싶었다.

하지만 나는 작았다.
아니, 점점 작아졌다.
처음 나의 크기보다 더더욱.
마치 잔뜩 부풀어있던 풍선의 바람이 빠져나온 것처럼 아무도
나를 발견할 수 없을 만큼 작아져갔다.

들판의 씨앗만큼 작아진 내 위로,
작아진 나의 모습을 숨기고 싶어 흙 속에
가만히 묻혀 있던 나에게
"톡" 하고 차가운 무언가가 잔뜩 웅크린 등을 노크해온다.

비다.
비가 내리나 보다.

마음만큼은 너무도 커지고 싶었던
응어리져서 단단해져버린,
뜨거워진 채로 잔뜩 웅크러든 내 마음을 식혀줄 생각인지
차가운 빗방울이 사정없이 내 몸을 두들겨 온다.

더 이상 작아지지 못할 만큼 작아졌으니, 이젠 커질 일만
남았겠지.

빗방울에 젖어가며 나는 생각한다.

나무가 되어야지.
무럭무럭 자라서

거인만큼 커다래지지는 못하더라도
다정하게 곁을 지켜줄 수 있는

당신을 안아줄 수 있고, 또 시원한 그림자를 드리워줄 수 있는
그런 좋은 나무가 되어야지.

그렇게
세상에서 가장 작은 다짐을 해보았다.

시선

메마른 곳들 사이, 피어오르는 푸른색 생명의 빛깔이
당장이라도 빨아들일 것만 같은 넓은 하늘 웃음소리가
마음을 가득 울리는 생명의 숨결이

나의 눈길이 닿는 곳마다, 내가 닿는 모든 것들이 그렇게 저
마다 각자의 빛을 발하더니 점점 하나의 덩어리가 되어 나를 집
어 삼킨다.
하염없이 하염없이

비어있던 나의 마음이 가득 차올라
알지 못할 부끄러움에
나는 고개를 수그린다.

꽃을 본다.

구름을 본다.

너를 본다.

눈길이 간다는 것은, 관심이 있다는 것이다.

관심이 있다는 것은,

내 마음이 그곳으로 향하고 있다는 것이다.

사람은 참 많은 것에 관심을 가지고 마음을 빼앗긴다. 형태가
존재하든, 그렇지 않든.

생명이 있든, 없든.

사람은 사랑한다.

아니 사랑할 수밖에 없다. 존재하는 모든 것을.

사람의 사명은,

사람이 평생 이루어가야만 하는 일들 중 하나는

어쩌면 사랑일지도 모른다는 생각이 문득 들어왔다. 사람은 사랑하지 않고는 살아갈 수 없는 존재이기 때문에.

그렇게 나의 시선이 닿는 순간, 사랑은 시작된다.

나의 기억은 과거를 거슬러 올라가 내가 3살 무렵이 되었을 때부터 시작한다. 2살터울인 남동생의 돌잔치가 또렷하게 기억나니 말이다. 그때 동생의 얼굴에 왜 상처가 났는지, 동생과 무엇을 하고 놀았는지.

어릴 적 나는 호기심이 참 많았다.

말을 빨리 떼서 그런 것도 어느 정도 있는 것 같지만, 그때의 나는 말이 참 많았고 잠도 없는데다가 열정과 꿈으로 똘똘 뭉친 꼬마아이였다.

정확히 기억이 나지는 않지만 궁금한 것도 참 많았던 것 같다.

자연이나 눈에 보이는 것들… 꽃이 왜 피는지, 구름은 어떻게

흘러가는지부터

엄마 옆에 있는 저 이모는 누구인지 같은 사소한 것들까지 전부 궁금했던 것 같다.

여느 아이들이 그렇듯이 동물을 좋아하고 밖에서 노는 것을 좋아했다.

그렇지만 그 어떤 것보다, 무언가를 기억해내는 것을 좋아했고 그것이 나만의 특기였다.

이 기억 덕분에 나는 사람과 쉽게 친해질 수 있었다. 그 사람이 무엇을 좋아하는지 기억할 수 있었고, 그 사람의 특징이나 습관을 무의식 중에 파악할 수 있었다.

지금 생각해보면 이 정도 눈치라도 있어서 다행이지, 이 정도마저 없었더라면 난 사교성을 평생 기르지 못했을 지도 모른다.

내 눈에 무언가가 들어왔을 때 그것에 대해 끊임없이 생각하는 것이 내게는 가장 재미있는 놀이였다.

재미있었다. 놀이터에 내려앉는 햇살의 그림자가,

옆에서 웃어주는 친구의 표정이,

바쁘게 걸어가는 도심 속의 사람들이,

가로등 너머로 수줍은 듯

하늘을 붉게 물들이는 구름의 빛깔이.

그 모든 것들이 하나가 되어 내 마음을 울려왔기에,

그래서 나는 카메라를 들 수밖에 없었다.

그렇게, 새로운 만남이 생겨날 때마다 내 심장은 쿵쿵 거리며 요동쳐왔다.

새로운 것들과의 만남은 나에게 하루를 살아낼 수 있는 원동력, 열정이 되어주었다.

즐거웠다.

새로운 것을 발견해내는 것이. 행복했다. 다양한 존재들과 친구가 되어갈 수 있다는 것이.

나의 시선으로 상대를 바라보게 되었을 때, 나는 그것을 사랑할 수밖에 없었다.

내 의지와 상관없이 그저 존재 자체만으로도 사랑스러워 보였다.

그렇기에

나는 앞으로도 더 많은 곳을 밟고, 더 많은 것을 보고, 더 다양한 만남을 가지고 싶다.

사랑하고 싶으니까. 아니 사랑할 수밖에 없으니까.

나의 시선이 향했을 때, 당신과 눈이 마주쳤을 때 나의 눈에서 빛이 날 수 있기를 바라면서.

* 볕 좋은 날 카페에 앉아 창밖으로 구름이 흘러가는 것을 보며

걸음

2017년의 어느 날,

내 기억으로는 굉장히 더운 날이었던 것 같다.

그 당시의 나는 필사적으로 무언가를 하고 싶은 상태였고, 심심함에 견디지 못하고 결국은 혼자 지하철을 타고 무작정 서울로 발걸음을 향했다. 한 손에 카메라를 들고선 이유 없이 굉장히 설렌 채로 말이다.

사실 할 것도 만날 사람도 없는 상태로 무작정 떠난 여정이었다. 그렇지만 왜인지 걱정이나 막연함보다는 설렘과 떨림이 앞서고 있었다. 그렇게 도착한 서울에서 나는 걷고 싶은대로 발걸음을 옮겼고, 눈에 들어오는 것들을 렌즈로 옮겨 담아 머릿속에 각인시켰다. 그렇게 무더위를 헤집고 돌아다니던 나는, 어느 새부턴가 연신 웃고 있었다.

아무것도 하지 않고 있어도 그저 웃음이 나오며 괜히 흥분되고 즐거웠다. 한참 동안 서울 이리저리를 헤집고 돌아다니다 큰 사거리의 신호를 건너기 위해 잠시 멈추어 카메라로 찍은 사진들을 돌려보는 중이었다.

그러던 중 신호가 바뀌어 습관적으로 나는 또 사람들의 걸음에 맞추어 발걸음을 옮겼다. 그때 문득 아무 생각 없이 고개를 돌린 나의 눈에는 평생 한 번도 본 적이 없던 시야가 펼쳐졌다.

우선 바로 앞에 있는 형형색색의 차들이 눈에 들어왔고, 그 뒤로 펼쳐진 끝없는 아스팔트 도로와, 자동차에서부터 흘러나와 길을 가득 채우고 있는 여름날, 햇살의 아지랑이. 그리고 파란 하늘이 한데 뒤엉켜 정신없이 나의 시선을 파고들어왔다.

모두가 정면을 응시하며 평소와 다름없이 횡단보도를 지나가고 있었던 그때,

모두의 발걸음 사이, 그 속에서 나만 우두커니 멈추어 있었다. 하염없이 멈추어 서있던 나는 신호가 깜빡거리고 빨간불이 바뀌기 직전에야 겨우 횡단보도를 건널 수 있었다.

몇몇 사람들은 멍하니 멈추어있는 나를 이상한 눈으로 바라보며 지나가기도 했지만 나에게 그건 중요하지 않았다. 숨이 막힐 만큼 나를 사로잡았던 풍경을 사진에 담아 간직하지도 못했지만 전혀 아쉽지 않았다. 나에겐, 그저 그 순간을 내 것으로 만들었

다는 것이 중요했으니까. 그리고, 그 시간은 습관적으로 걸어가던 발걸음을 내 힘으로 처음 멈추어 본 순간이었으니까 말이다.

나도 모르게 나만의 걸음을, 나만의 자유를 갈망했던 것은 그때 즈음부터였던 것 같다.

강력했던 그 기억도 역시 시간 앞에서는 희미해져갔고, 어느새 의식적으로 떠올리지 않으면 기억나지 않는, 그런 하나의 기억으로 저장되었다. 그렇지만 그날 느꼈던 그 숨 막힐 정도의 자유에 대한 갈망은 내 안에 남아 지워질 줄을 몰랐다. 아니, 점점 강력하게 두근거리며 나를 조여오기 시작했다.

그 후로도 나는 참 많은 곳들을 방문했고 다양한 공간들을 밟아보았다. 그럼에도 내 안에 있는 그 무언가를 향한 갈증은 해결될 줄을 몰랐다. 오히려 점점 덩어리진 채 부풀어 오를 뿐.

시간은 계속해서 흘렀고 나는 대안학교에 다니기 시작했다. 그렇게 학교에 다니며 이전의 자유로운 스케줄이 아닌, 시간을 틀에 맞추어 정하고 지키며 하루하루가 평범하게 흘러갔다. 학교에서의 시간이 결코 따분하거나 갑갑한 것은 아니었다. 그렇지만 나에게 필요한 것은 나의 의지대로 발걸음을 움직일 수 있는 '자유'였다.

난 어떻게든 떠나고 싶었고, 나의 첫 번째 걸음을 떼고 싶었던 공간은 바로, 일본이었다.

　일본의 풍경과 거리, 문화를 무척 사랑하던 나에게는 더할 나위 없이 딱 맞는 여행지라는 생각 역시 들었다.

　여행병이 점점 심해져 몸이 뒤틀릴 때 즈음, 그때부터 나는 담임선생님께 거의 매일같이 이야기를 건네기 시작했다.

　"선생님, 저 일본가고 싶어요. 여행가고 싶어요."

　하면서 말이다. 어느 날은 밝고 기대되는 목소리로, 또 어느 날은 시무룩해진 상태로 그렇게 2달 정도 꾸준히 이야기를 건넸던 것 같다. 사실 진짜 갈 수 있을 거라고 생각해서 선생님에게 말씀을 드렸던 것은 아니었다. 이렇게라도 말하지 않으면 내 안에 있는 답답함이 점점 커져서 그 답답함을 견디다 못해 죽을 것 같아서, 단지 그 뿐이었다.

　그렇게 시간은 계속해서 흐르고 더위가 한풀 꺾이기 시작한 평범한 하루, 여느 때와 다름없이 나는 또 학교에서 선생님께 말을 걸며 이야기를 했다. "선생님 일본가고 싶어요-" 라고 말이다.

　그런데, 그날따라, 늘 웃음으로 답하던 평소 선생님의 반응과는 조금 달랐다. 여행지를 이야기를 나누며 검색을 해보시던 선생님은 딱 한마디를 하셨다.

"부모님께 허락받아와"

라고 말이다. 그날, 나는 집으로 가자마자 부모님께 허락을 받았다. 다행히도(?) 어릴 적부터 이곳저곳에 많이 다녔던지라 집을 떠나는 것에 조금 더 익숙해서였을까, 부모님으로부터 쉽게 허락을 받을 수 있었다. 다음날 등교 후 선생님께 달려가서는 부모님 허락을 받았다고 말씀을 드리자마자 선생님과 나는 바로 비행기표를 끊게 되었다. 그렇게 일사천리로 진행된 일본여행.

그 전에도 꽤 많은 곳들을 방문해보았고 밟아보았지만 내가 직접 짜고 계획하는 해외여행은 처음이었다. 그것도 단체가 아닌 소인원, 딱 두 명이서 말이다.

여행계획을 짜는 것은 나의 예상보다 조금 더 어렵고 복잡했다. 예산, 차비, 시간, 장소. 많은 것을 알아보고 또 하나를 정할 때마다 계획이 뒤바뀌기도 했다.

그렇지만 그 복잡함조차도 나에게는 너무도 설레는 시간이었다. 마치, 첫 비행을 위한 점검 같은 느낌이었으니까…

그렇게 나는 자유를 향한 첫 발자국을 떼었다.

예산도 넉넉하지 않고 완벽한 계획도 아니었지만 나에게는 최고의 경험으로 내 안에 저축되었다고 자부할 수 있다.

여행지는 일본의 가장 아래쪽에 위치한 도시, '가고시마'로 잡았다.

　여행지를 알아보던 도중, 우연히 한 SNS의 추천 여행지로 뜬 것을 내가 발견하게 되었고, 몇 가지 정보를 찾아보며 나는 확신할 수 있었다. 이곳이 우리의 목적지라고…

　한적한 도시, 바다 바로 앞에 위치한 마을, 한눈에 볼 수 있는 화산섬. 이 마을의 사진을 찾아보는 내내 모든 것이 어우러져 딱 내가 찾고 있던 곳이라는 마음이 들어왔다.

　2박 3일간의 짧은 일정.

　보통, 사람들은 "여행"이라고 이야기하지만 나는 스스로에게 단순히 여행이라는 이름으로 정의를 내리고 싶지 않았던 시간이었다. 평범한 일본여행, 즐기기만을 위한 시간이 아닌 나에게 있어선 내 꿈을 향한 첫 도전이자 걸음이라는 의미를 담고 있었으니 말이다.

　현지인에게 길을 묻는 것, 지도를 보고 목적지를 직접 찾아가는 것, 길거리에 앉아 사람들을 바라보며 그 일상에 살짝 스며들어 보는 것.

조금은 서툴고 어색할 수도 있는 시도였지만 나는 분명히 날아올랐다.

직접 찾은 호텔은 실수로 흡연실을 예약해버려서 방에서 노래방 냄새가 풍겼지만 나에겐 최고의 가장 아늑한 숙소였고, 가는 길 내내 인터넷에 검색을 해서 찾은 음식점은 최고의 맛집이었다.

버스를 타고 돈을 내보는 것도, 편의점에서 물건을 사서 계산하는 것도, 벤치에 앉아 지나가는 사람들을 구경하는 것도, 길거리에 적혀있는 간판들조차도 현지 사람들에게는 너무나 평범할지도 모르는 그 일상속의 시간들이 나에게 있어서는 굉장한 두근거림과 기쁨으로 다가왔다.

심장이 벅차오르다 못해 터져버릴 만큼 말이다.

한번은 호텔에서 대여한 자전거를 타고 돌아다니다 백화점으로 들어가기 위해, 자전거를 세워두려 백화점 내 자전거 주차장으로 들어갔다. 자전거 주차장 안으로 들어가려면 입구의 무인기계에서 표를 뽑아야 했는데, 일본어를 조금 들을 줄은 알지만 한자를 읽지 못하는 탓에 나는 핸드폰으로 간신히 번역기를 돌려 들어가서는 한구석에 자전거를 세워 두었었다. 문제는 그 다음에 있었는데, 그건 바로 나가는 문을 찾지 못했다는 거다. 주차장 안을 한참을 걸어다니다가 경비아저씨를 간신히 만나 나가는 길을 물었지만 아저씨와 의사소통이 되지 않았다. 둘 다 서로의 말을 이해하지 못한 채로 한참 진땀을 빼다가 5분쯤의 대화 후에야 나가는 문을 찾을 수 있게 되었다.

알고 보니 나가는 문은 내가 서있는 곳에서 5미터가 채 안 되는 곳에 있었고 괜히 창피해진 나는 멋쩍게 아저씨에게 인사를 나누고는 출구로 걸어갔다. 그런데 왜일까, 그 걸어가는 길이 어찌나 신이 나고 괜히 가슴이 벅차오르던지. 그때 느꼈던 희열과 짜릿함은 아직까지도 내 안에 생생히 남아 심장을 두근거리게 만든다.

절로 올라간 입 꼬리가 한동안 내려오지 않고 있었으니 말이다.

언어도 통하지 않고, 아는 사람, 아는 공간이 하나도 없는 그곳에서 나는 점점 스스로를 찾아가고 또 만들어가고 있었다.

그렇게 나는, 낯선 곳에서 비로소 내가 되었다.

* 처음으로 직접 자유여행을 마치고 돌아온 후, 여행에서의 일을 회상하며

행복

"당신은 지금 행복하신가요?"

행복.

사실 정말 원초적인 단어임에도 불구하고 난 이 단어를 듣게
되면 멈칫 하는 것 같다. 단순하면서도 어려운 감정인 듯한 이것.

이 책을 쓰게 되고 글을 적어 나가면서 나 스스로에게 밀려온
가장 큰 물음들 중 하나가 바로 이것이었다.

나는 지금, 행복한가? 과연 행복이란 무엇일까?

이 질문들은 내가 글을 적는 내내 나의 머릿속을 이리저리 헤
집고 돌아다녔다.

그렇지만 결과적으로 나는 정의를 내릴 수가 없었다. 어떻게 보면 행복한 듯싶었지만, 또 엄청난 절망감이 나를 눌러왔었기 때문이다.

누군가는 나를 보며 "너 정도면 행복한 가정에서 행복하게 사는 거야, 그러니까 감사해"라고 말했고 또 누군가는 나를 보며 힘내라고 동정 섞인 격려를 보내던 때가 있었다.

행복이라는 것은 너무도 주관적인 감정인지라… 정의를 내리는 것 자체가 불가능한 것 같지만 절망에 뒤흔들려 무너지고 싶어질 때면 나는 외쳤다. 스스로에게 애써 되뇌었다. '난 행복한 사람이야'라고.

나는 글 쓰는 것을 참 좋아하는 사람이다.

흥미적성검사 같은 것을 할 때면 대부분 다른 분야보다 언어 쪽이 월등히 높은 점수를 나타내고 있었다. 그 정도로 나는 언어 쪽 부분에 관심이 많고 글을 좋아하는 사람이다. 그러나 문제는 이곳에 있었다. 그렇게 좋아하는 글쓰기를 하고 있고 평생의 꿈이었던 작가 데뷔가 눈앞에 있었음에도 나는 행복하지 않았다. 분명 어릴 적부터 상상해왔던, 꿈꾸던 상황이었는데도 불구하고 말이다.

하고 싶은 일, 꿈꾸고 생각하던 작업을 진행해나가고 있었음에도 나는 행복하거나 즐겁지 않았고 오히려 마음은 점점 무거

워져만 갔다.

내 글은 점점 형편없어 보였고 나는 그렇게 마음 깊은 곳에서부터 스멀스멀 올라오는 패배감과 좌절감을 이기지 못하고 글을 쓰는 것을 자주 멈추게 되었다. 이런 실력으로 책을 낸다는 게 교만한 것처럼 느껴졌고 또 스스로가 너무도 한심해보였기에.

이후 꽤 많은 고민들과 물음들을 스스로와 주고받으며 혼자만의 시간을 가져보았다. 나름 '당근과 채찍 작전' 비슷한 것을 사용해 보기도 하면서 말이다. 가끔은 내가 먹고 싶은 걸 먹으면서 스스로를 달래는 시간도 가져보았고 때때로는 잠을 이겨내며 앉아 내가 쓴 글들을 계속해서 반복해 읽어보기도 했다. 그렇지만 무엇보다 가장 많이 생각했던 것은 '나의 행복은 무엇인가?'라는 것이었다. 나의 꿈이었던 책을, 이 첫 시작을 엉망진창으로 남겨 후회하고 싶지 않았다. 그래서, 나의 첫 번째 발걸음이자 도전은 나 스스로를 알아보고 내가 어떤 사람인지를 파악하는 것이었다.

그렇게 자신과의 싸움 끝에 알게 된 것은, 내가 지금 쓰고 있는 글을 즐기고 있지 못하기 때문이라는 것이었다. 글은 스스로를 표현하는 일임에도 불구하고 나는 내 글을 읽을 사람들의 시선에 신경 쓰고 있었고, 내가 쓴 글을 만족하지 못하는 스스로를 자책하고 있었다. 그러니 내가 적는 글이 마음에 들 리가 있겠는가. 나를 솔직하게 담아내지 못하는 글은 빈 껍데기였을 뿐이었다.

결국 나는 여전히 겁쟁이였다는 거다. 아직 제대로 시작도 안 해보고서 지레짐작으로 혼자 겁을 먹어 벌벌 떨었으니 얼마나 우스운 일인가?

그렇지만 다행이었던 것은 아직 쌓아둔 것이 없으니 다시 시작할 수 있다는 것이었다.

애초에 '다시 시작'이라는 말이 맞는지도 모르겠지만, 어찌 되었든 나는 다시 글을 쓰기 시작했다.

누가 시켰거나, 결과를 내기 위해서가 아니라 나만의 것을 창조하고 나를 표현하기 위해서.

하고 싶은 일과 해야만 하는 일 사이의 경계.

하고 싶은 일을 마음껏 이루어낼 수 있다는 것은 어떻게 보면 현실성이 없어 보이는, 가장 어려운 일처럼 느껴진다. 그렇지만 정말 하고 싶은 일을 이루고 해내게 된다면, 꿈꾸고 그려왔던 일을 성취해내게 된다면 그 사람은 그제서야 비로소 온전히 행복해지는 것 같다. 그렇게, 내가 느꼈던 행복이란, 나를 위한 일을 하는 것이었다.

남을 즐겁게 하고 남을 위해 움직이는 것이 아니라. 내가 하고 싶은 것, 가슴 설레는 것을 찾아 움직이고 발걸음을 떼는 것. 그것이 바로 행복이라고 말이다.

그래서 나는 이제 행복해질 것이다.

적어도 행복해지기 위해 최선을 다해보려고 한다. 나의 행복은, 내가 만들어가야 하는 것이니까.

그리고

당신이 만들어가게 될 그 첫 번째, 행복을 향한 발걸음 역시 진심으로 응원해본다.

파도

바람이 불어온다.

어디서부터인지, 그 누가 시키지 않았는데도 불구하고 하염없이 하염없이.

바람에 이끌려, 죽은 듯이 잠잠한 것만 같았던 물결이 요동친다. 물결은 이내 파도가 되어 바다 위를 흩날린다.

흩어진 파도는 고요한 바다를 울리며 거칠게 퍼져나가 커다란 바위를 내리친다.

거센 물결이 따귀를 때려오자 바위가 큰 소리를 내며 울부짖는다. 바위와 부딪힌 파도는 이내 눈물을 흘리며 새하얗게 부스러진다.

바람이 사라진 후, 언제 그랬냐는 듯이

다시금 잠잠히 가라앉은 바다.

파도는 눈물을 머금은 채 아득히 아득히 가라앉아만 간다.

사람은 참 많은 인생의 굴곡을 거치면서 살아간다.

힘들이지 않고 모두가 행복하게 살아가면 참 좋을 텐데 말이다. 말만 들었을 때는 쉬운 것처럼 느껴지는 이것은 사실 가장 어렵게, 그리고 또 무겁게 다가온다.

그렇지만 그 오락가락한 굴곡과 어려움을 향해서 발걸음을 떼고, 또 헤쳐나갈 때마다 사람은 성장한다.

사람들은 삶이라는 것을 마치 항해를 해나가는 배에 비유하기도 한다. 언제 어떤 폭풍우를 만나게 될지, 또 언제 잠잠해질 지 알고 있는 사람은 아무도 없기 때문이다.

인생을 살면서, 한 달이든, 일 년이든, 10년이든 절망 가운데 빠지거나 괴로움이라는 감정을 단 한 번도 가지지 않은 사람은 분명 아무도 없을 것이다.

나 역시, 아직 20년이 채 안 되는 시간을 살고 있지만 크고 작은 많은 어려움들에 부딪혔고, 지금도 역시 비슷한 일들을 겪으며 헤쳐나가고 있다.

넉넉히 버텨내고는 여유 있게 웃음을 지어보일 때도 있지만, 간신히 살아남아 만신창이가 되거나 때로는 파도에 휩쓸려 떠내려갈 때도 분명히 있었고 역시 지금도 그러하다.

어떤 어른들은 아이들의 고민은 가벼울 거라 생각하기도 하지만, 나이에 상관없이, 성별에 상관없이 사람들은 저마다 각자의 파도를 만나 온몸으로 힘겹게 버티며 살아가는 것 같다.

왜냐하면 우리는 모두가 사람이니까 말이다.

당신은 지금 어느 시기를 헤쳐나가고, 또 버텨가고 있는가? 잘 버텨내고 있을 수도 있지만 어쩌면 물결에 휩쓸렸을 수도, 아니면 또 다시 만신창이가 되었을 수도 있을 것 같다고 생각한다.

괜찮다. 모두가 그래왔으니까.

나를 뒤흔든 가장 큰 폭풍중 하나는, 엄마가 아프셨을 때였다. 사실 그 전까지 나는 부모님이 아플 수 있다는 생각은 거의 해보지 않았던 것 같다. 내가 태어난 그 순간부터 지금까지 늘 당연하게 내 곁에 계셨으니까. 막연하게 앞으로도 그럴 줄로만 알았다.

그 때 너무 당황한 채로 시간이 흘러서일까 그 당시의 기억이 정확하게 남아있지는 않은 것 같다. 그렇지만 그때 느꼈던 공포감. 그 두려움과 떨림은 아직까지 내 안에 생생하게 남아서 당시의 일을 떠올려볼 때면 가끔씩 나를 옥죄어 오는 것만 같은 느낌마저 들 때가 있다.

그 당시에도 난 평범한 하루하루를 보내고 있었다. 학교에 가고 책을 읽거나 공부도 하고 친구들과 함께 시간을 보내는 그런, 아주아주 평범한 일상. 그러던 어느 날 정말로 갑자기 엄마가 아픈 것 같다는 이야기를 듣게 되었다.

처음에는 별일 아닐 거라며 스스로를 안심시켰다. 그러나 부모님의 이야기를 듣고 나니 어느새 내 안에는 두려움이 가득 차올라 있었다.

암일 수도 있다는 부모님의 말. 그 암이라는 단어 하나가 내 마음을 무겁게 짓눌러오기 시작했다. 귓가에 쿵 하고 울리는 소리를 들어본 것은 그때가 처음이었던 것 같다.

그러나 그 무엇보다 가장 날 무섭게 만들었던 것은 바로 무서

위하는 엄마의 모습이었다. 살아오면서, 내가 인지할 능력이 있을 때부터 엄마는 늘 나와 함께 있었고 나에게는 그만큼 큰 존재로 늘 버티고 서있었다. 그러나 그런 엄마가, 언제나 내 앞에서 날 지켜줄 것만 같았던 엄마가 울고 있었다. 무섭다며 눈물을 흘리는 모습이 내 눈에 들어왔다.

　나의 가장 큰 산이
　내 앞에서 흔들릴 때
　나는 완전히 무너져내려 산산조각 나버렸다.

　약간의, 아주 작은 바람으로 인해 번져온 그 파도는 어느새 우리 가족을 집어삼켜버렸다. 무서워서 겁이 났다. 아무것도 할 수 없는 나의 모습이 무기력하게만 다가와 우선 내 자신이 자꾸만 가라앉았다. 그냥 모든 게 다 꿈인 것 같은 기분이었다. 아무것도 안 해도 눈물이 날 것 같고 하루 종일 두둥실 떠있는 것만 같은, 깨고 싶어도 눈이 떠지지 않는 그런 악몽. 아직 조직검사의 결과가 나온 것이 아니었음에도 불구하고 말이다. 지금 생각해보면 아마 우리 가족 중 아무도 크게 아파본 적이 없어 다들 많이 놀라서 그랬던 것 같다는 생각이 들지만 말이다. 당시 나의 머릿속은 계속해서 부정적인 생각들만 떠올랐고 원하지 않아도 나의 상상은 그렇게만 흘러갔다. 이미 결과가 정해진 듯이 말이다. 당장의

학업부터 해서 대학, 결혼 때까지… 내 머릿속에서는 온갖 상상의 나래가 펼쳐졌다. 완전히 극단적인 상태로 말이다.

살아온 시간들 동안 그때만큼 무서웠던 적도, 또 그때만큼 간절했던 적도 없었던 것 같다.

'죽음의 무게'라는 말을 이정도로 가까이에서 느껴본 것은 아마 이때가 처음이었을 것이다.

2주 후에 나온 검사결과는 정말 다행히도 걱정했던 것만큼 나쁘지 않았고 엄마는 수술을 해서 담낭을 떼어내게 되었다. 그렇게 갈피를 잡지 못하고 2주간을 잔뜩 요동치며 휘몰아치던 내 마음은 그제서야 잠잠히 가라앉게 되었다.

다시는 겪고 싶지 않은 폭풍이지만, 분명히 이 일을 통해 나는 또 성장했다.

엄마는 완전히 회복되지는 못하셨지만 난 이제 웃으면서 엄마에게 손을 얹고 기도해줄 수 있으니 말이다.

동화 '빨간머리 앤'을 읽다보면 앤이 쓰는 말들 중 '절망의 구렁텅이'라는 표현이 있다. 왜인지 나는 앤이 말했던 다른 그 어떤 표현들보다도 이 표현이 참 마음에 들었다. 가라앉을 대로 가라앉아 차분해진 내 마음을 마치 대변하는 것처럼, 내가 차마 다 알지 못하는 나의 나락 끝 그곳을 나타내고 있는 것만 같은 기분이 들었다.

감정의 골은 깊고 또 깊어서 자신 스스로도 다 알아내거나 파악하기가 참 어려운 부분이다.

쓰나미가 일어나기 직전에는 물이 해안가에서 완전히 빠졌다가 한꺼번에 몰려와 모든 것을 잠겨버리게 한다는 말을 들은 적이 있다. 그런데 왜인지 나는 이 이야기를 들으며 '감정'이라는 단어가 생각이 났었다. 감정의 움직임 역시 이와 비슷하다는 생각이 들었으니 말이다.

감정은 우리가 느낄 수 있도록 해주는 모든 것의 집합체이다. 그렇기에 감정은 살아있고 또 움직여야만 한다.

움직여야만 하는 것들이 오랫동안 멈추어있으면 그것은 고장나버리고 만다. 흘러야만 하는 물이 오랫동안 고여 있으면 물은 썩어버리고 만다.

감정도 마찬가지이다. 감정은 살아있는 것이기에 더더욱 움직이고 자유로울 수 있게 해주어야만 한다.

그래서 난 감정을 표현할 수 있다는 것이 건강한 일이라고 생각한다. 울고 싶을 때 울 수 있는 것, 화내고 싶을 때 화낼 수 있는 것, 상대방의 감정에 공감하고 또 그에 맞게 행동할 수 있는 것.

몸에 상처가 나면 감싸주고 보듬어야 하는 것처럼 마음과 감정 역시 마찬가지이다.

스스로를 자책하기 전에, 지금 나의 마음을 무시하고 넘어가기 전에 한번 다시 돌아봐주는 법을 알게 된다면, "지금 내 가슴이 이야기하고자 하는 이 감정이 무엇일까?"라는 질문을 한 번씩 해본 후에 넘어간다면 감정이 고여 썩어버리는 일은 없지 않을까?

파도는 나쁜 것이 아니다.

그저 물살의 흐름을 또 한번 바꾸어놓는 단순한 일상의 한 조각일 뿐이니까.

"그런 날이 있지. 눈물이 막 날 것 같은 그런 날
걷는 것마저 힘겹다고 느껴질 때
내 곁에 그 누구도 몰라줄 때

It's alright it's alright
내가 널 안아줄게
아무에게도 말 못한 네 맘. 내가 들어 줄게."

스탠딩에그, 〈안아줄게〉 중

아주 추운, 흰 눈이 펑펑 쏟아지는 겨울날.

내 감정이 고여 어떤 식으로도 해소되지 않던 어떤 하루가 있었다. 마음은 잔뜩 무거워져서 마치 물을 먹은 솜과 같이 느껴졌고, 몸 역시 축축 늘어져 아무 것도 되지 않는 하루였다.

난 지쳐있었고 어떤 식으로든 나에게는 이 감정을 쏟아낼 구멍이 필요했다. 그렇게 잔뜩 지친 상태로 집에 돌아가던 내 귓가에, 그 차가운 바람을 뚫고 들려온 것은 바로 저 노래였다. 이 노래를 듣는 순간, 외면하고 싶어 나의 마음 속 아주 깊은 방에 넣어두었던 내 마음이 스멀스멀 밖으로 나오기 시작했다. 이내 감정은 점점 격해져갔다. 붉은 신호등을 바라보던 내 눈동자에 슬그머니 눈물이 고여올 정도로.

나는 집으로 향하던 발걸음을 서둘렀다.

그렇게 집에 도착한 내가 한 일은 별다른 것이 아니었다. 그저 방에 들어가, 불을 끄고 내가 좋아하는 캔들을 켠 다음에 따뜻한 전기장판이 있는 침대로 들어가선 이 노래를 계속해서 반복해서 들었을 뿐이었다. 노래를 듣는 동안 노래가 몇 번이고 반복되는 내내 나의 눈에서는 눈물이 줄줄 흘러내렸다. 마치 고장난건가? 라는 생각이 들 정도로 정말 줄줄.

그렇지만 그날, 그 시간이 나에게는 최고의 처방이었던 것 같다. 묵혀두었던 나의 감정들은 눈물과 함께 전부 흘러내린 건지, 그 시간 이후로는 무거웠던 몸과 마음이 마치 건조기에 돌린 빨래처럼 가뿐해졌으니 말이다.

각자의 처방은 조금씩 다르겠지만, 아프면 병원에 가서 진료를 받고 약을 처방받아 먹는 것처럼 각자의 마음 역시 모두가 처방이 필요할 때가 존재한다는 것.

말은 거창하게 늘어놓았지만
결국 그렇게 내가 하고 싶은 말은 결국 한마디였다.

"나는 나쁘지 않아. 괜찮아. 잘 하고 있어."

이것은 내가 당신에게 선물하는 처방이다.

힘들어서 견디지 못할 것 같을 때, 조용한 곳에서 거울로 스스로를 마주보고는 이야기하기. 괜찮아, 잘하고 있어, 나쁘지 않아. 라고 말이다.

짧은 이 글로나마 당신의 마음에 약간의 따스함이 물들 수 있기를 간절히 바라면서.

세상의 모든 불완전한 마음들을 위로하는 마음으로

마침표를 찍어낸다.

영화

나는 영화 보는 것을 별로 좋아하지 않았다.

싫어하는 것도 아니었지만 친구들 없이 혼자 영화관에 가거나 집에서 영화를 찾아서 볼 정도로 흥미가 있지는 않았다.

남들이 다 보는 히어로물 시리즈도, 몇 백만을 돌파한 유명한 영화들도.

말로는 늘 "봐야지" "봐야지" 하면서도 밍기적대다가는 끝끝내 보지 못한 적이 한두 번이 아니었다.

그렇게 평소와 다름없이 친구와 만나 수다를 떨며 시간을 보내고 있을 때였다.

친구는 그 전날 본 영화를 내게 설명해주고 있었다. 눈이 잔뜩 반짝반짝해진 채로 말이다.

영화의 줄거리를 내게 설명하던 친구의 눈은 잔뜩 신이 난 듯 빛이 났고, 한참을 이야기하던 그 친구 이야기의 결론은 주인공이 참 멋있었다는 그런 내용이었다. 가만히 앉아 앞에 놓여있는 딸기라떼를 마시며 친구의 이야기를 듣던 도중 문득 궁금해졌다.

"왜 우리는 영화 속 이야기들을, 그 주인공들을 동경하는 것일까?"라고 말이다.

주인공이 히어로같이 대단한 능력자가 아니더라도, 지극히 평범한 일상의 이야기를 담아낸 영화더라도 그 이야기를 동경하고 주인공을 부러워하는 사람은 꼭 존재했다.

친구랑 헤어진 후에도 이 생각은 내 머릿속에 남아 자꾸만 맴돌았다.

우리는 무엇에 대한 동경을 가지고 있는 것인지, 또 무엇을 바라면서 그렇게 무언가를 부러워하는 것일지.

몇 날 며칠의 생각 끝에 내가 내렸던 결론은, 적어도 나에게 있어서는 그 사람이 주인공인 것이 부러웠던 것이었다.

대부분의 영화에서 주인공은 죽지 않는다. 아무리 엎어지고 넘어져도, 결말에 가면 잔뜩 성장한 채로 웃으면서 행복해하며 막이 내린다. 적어도 나는 그 '주인공'이라는 네임이 부러웠던 것이다.

남들과는 달리 무언가를 지닌 듯한 주인공의 그 당당함이. 주인공 곁에 있는 든든한 친구들이. 결국 자신을 극복하고 원하던 목표를 이루어내는 그 모습이.

인생이 한편의 영화라면 적어도 이 영화의 주인공은 내가 아닌 것처럼 느껴졌다. 세상엔 반짝이는 사람이 너무도 많았으니까. 난 지나가는 '엑스트라 1' 정도밖에 되지 않는 듯한 느낌이 들 때가 너무 많았다.

"어쩌면 나는 영화를 좋아하지 않는 것이 아니라 피하고 싶었던 것일 수도 있겠다"라는 생각이 들었다.

무서워서. 그 주인공의 빛나는 모습에, 그에 비교되어 스스로가 초라해질까봐 말이다. 제 아무리 그것이 화면 속의 모습일지라도. 세상 모든 사람이 빛나려고 노력하며 살아가니까, 나 같은 사람 한명쯤은 그 빛에 숨어버려도 괜찮을 것 같다고 느껴졌다.

여기까지 생각이 미치자 괜히 자괴감이 몰려왔다. 영화 주인공에게조차 열등감을 느껴버리는 내가 마음에 들지 않았다. 감추어 두고 싶었던 그 찌질함, 초라한 나의 모습과 직면하게 되어버려서 더더욱 그랬을지도 모르겠다.

곰곰히 생각해보았다. 영화에서 보여주는 그 일상과 니의 일상에서의 차이가 무엇일까 하고 말이다.

영화에서도 나의 일상에서도 늘 실패와 고통이 존재했다. 그어디서도 행복한 상황에만 푹 잠겨있는 것은 결코 아니었다. 그렇다면 우리는 왜 똑같은 일상임에도 불구하고 저 스크린 너머의세상을 그리워하는 것일까?

결국 내가 깨닫게 된 것은 나의 일상은 현실이기 때문이었다는 사실이다.

두루뭉실한, 꿈을 꿀 수 있는 공간이 아닌 무서울 정도로 차가운 그런 현실.

"인생은 멀리서보면 희극, 가까이서 보면 비극이다"라는 말처럼 내 일상은 내가 마주해야 할 현실이었기에 무섭고 또 버겁게느껴졌던 것이다. 영화는 자극을 주고 부러운 마음을 심어주었지만 우리가 책임져야 하는 현실에 대해서는 구체적으로 설명하지 않고 있었다.

한발 떨어져서 보면 보이는 각자의 영화.

한번 사는 인생인데 주인공처럼 살고 싶다, 라는 생각이 들었다. 내가 만들어 갈 수 있는 시간들이라면, 내가 감독이 될 수 있는 것이라면 적어도 내 이야기의 주인공이 되어보고 싶었다. 지금 죽어라 힘이 들더라도 언젠가 돌아보았을 때 잘 살았다고 생각할 수 있도록. 웃음을 지으며 또 다른 누군가에게 나의 이야기를 해보아줄 수 있도록.

어쩌면 지금 이렇게 앉아 글을 쓰고 있는 것도, 잘 풀리지 않는 일이 생겼을 때도 버티면서 하루하루를 이어나갈 수 있는 것도 이 모든 일들이 나만의 영화에 기록될 한 장면이라고 생각하고 노력하고 있기 때문이다.

모두가 저마다의 주인공이 될 수 있기를. 주인공으로서 자신만의 색을 잘 담은 한편의 걸작을 완성해낼 수 있기를. 내가 첫 관객이 되어 당신의 이야기에 박수쳐 줄 그날을 기대하고 또 기다려본다.

여전히 난 무언가 특출나거나 커다란 사람은 아니지만 적어도 이젠 웃으면서 영화를 볼 수 있게 되었다.

이 위로 새롭게 쌓여갈 나만의 이야기를 또 기대해보면서 말이다.

* 가장 좋아하는 영화들 중 하나인 〈안녕 나의 소녀〉를 보고난 후 든 생각들

여행

난 여행을 참 좋아한다.

물론 아주 많은 사람들이 여행을 좋아하고 또 떠나고 싶어 하지만 나에게 있어서 여행은 조금 더 특별한 시간인 듯하다. 여행이라는 말을 들었을 때, 당신은 어떤 것이 가장 먼저 떠오르는가? 나에게 있어서 가장 먼저 떠오르는 단어는 '사랑'인 것 같다. 내여행 모티브 자체가 '내가 밟는 곳에서 모든 것과 사랑에 빠져보자'이니 말이다.

여행에 대한 마음이 유독 큰 편이라 정기적으로 당장이라도 어딘가로 떠나지 않았다가는 답답해 미쳐버릴 것만 같은 여행병도 도진다.

그렇다고 해서 특별히 여행 기행문을 써낼 수 있거나 할 정도로 많은 곳을 다녀보고 한 것은 아니다. 그렇지만 어느새 난 여행이 주는 특유의 자유로움에 물들게 되었다.

21세기, 현대사회를 살아가는 사람들은 매일 똑같이 반복되는 하루에 지쳐 자유를 갈망한다. 그리고 그 자유에 대한 갈급함을 각자 여러 방향으로 어떻게든 해소하고 싶어 한다.

나 역시 처음 여행이라는 것에 끌렸던 이유는 그 자유가 주는 특유의 짜릿함 때문이었다. 내 경험이, 지식이 아무것도 없는 상황에서 나만의 힘으로 해결해나가는 것. 이 얼마나 굉장하고 또 두근대는 일인가?

조금 무서워지는 때도 분명 있었지만, 즐거운 것들에 비교했을 때에는 너무나 자그마한 두려움이었기 때문에 굳이 두려움 따위에 눌려 포기하고 싶지 않았다.

그 자유를 만끽하고 싶어 하는 만큼 난 특히 틀이 정해진 여행은 별로 좋아하지 않았다. 그저 내 발걸음에 의지해서, 인터넷에 가득 올라와있는 정보들이나 남의 의견을 따르는 것이 아닌, 내가 좋다고 생각한 곳에 방문하고 직접 피부로 경험하는 그런 시간을 가지고 싶었다. 기왕 익숙함에서 벗어나려고 떠났는데, 떠난 곳에서까지 남의 눈치를 보며 생각을 따르면 어디 답답해서 제대로 즐기기나 하겠는가? 이것이 바로 내가 생각하는 여행이었다.

물론 이런 여행이 위험하다고 생각하는 사람도 분명 존재한다. 뭔가 불만족스러울지도 모른다는 예상을 하고 지레 걱정을 하는 것이다. 돈과 시간을 들여가며 간 여행인데 부족한 게 있으면 실패했다고 느껴질 수 있으니. 그렇지만 완벽한 여행이면, 그것도 그거대로 조금은 아쉽지 않겠는가? 실패가 있어야 성공의 기쁨이 더 커지고 아쉬운 만큼 다시 한 번 방문해보고 싶은 마음이 생길 테니 말이다.

적어도, 나는 그런 마음이다.

가끔 숨이 막혀왔다.

턱 밑까지 모든 감정이 한데 뒤섞여 차올라서는 어찌할 방법을 모를 만큼 강렬하게. 그렇게 세상은 나를 뒤덮여왔다. '경이롭다'라는 단어가 언제 사용되는 것인지 조금이나마 알 것 같았다. 아름다워서, 미칠 듯이 아름다워서 눈물이 날 정도였으니 말이다.

특별한 무언가를 보았거나 유명한 장소에 가서 그랬던 것이 아니다. 다만, 바람에 흘러가는 구름이, 온갖 색깔로 물들어가는 노을빛 하늘이, 긴 그림자를 내딛으며 바람에 흔들리는 잡초들이, 나뭇잎 사이로 일렁이는 햇살의 빛깔이…

그저 지극히 일상적인 것들이 가끔씩 한데 뭉쳐서는 자신들만의 본래 모습으로 나를 덮쳐왔을 뿐이었다.

이것 때문에라도 나는 여행을 멈출 수가 없었다.

하루를 평범하게 보내고 싶지 않아서. 그 경이로움으로 내 하루를 채워나가고 싶었다.

카메라를 처음 들게 되었던 것도 사실 이 때문이었다. 가끔은 온전히 눈으로, 그리고 모든 감각을 살려 그 피사체에 집중하는 게 좋을 때가 있었지만 때로는 그 경이로움을 담아두고,

또 함께 누리고 싶었다. 내가 품은 그 마음을 잊지 않고 간직하고 싶어서. 다시 일상에 치이다 그 빛이 바래버릴까봐.

그래서 나는, 여행을 더 좋아할 수밖에 없게 되었다. 아니, 단순히 좋아하는 감정에서 그쳐버린 것이 아니라 사랑에 빠지게 되었으니까. 우리가 만약 미로 속에 갇혀서 하루하루를 살아가는 것이라면 여행은 마치 미로 밖에서, 높은 산 위에서 그 모든 것을 내려다보는 기분이었다.

당장 내 눈앞에서 현실로 와 닿는 것들을, 한발자국 떨어져서 바라보면 그 고유의 아름다움을 발견할 수 있었다. 그 존재 자체의 사랑스러움을 말이다.

여행을 하다보면 가장 먼저 보게 되는 것은 바로 나이다. 내가 어떤 사람인지 난 무엇을 좋아하는지. 알지 못했던 내가 어느 샌가 두둥실 떠오른다.

그렇게 가장 먼저 '나'와 관계하게 된다. 조금씩, 때로는 다투기도 하고 또 위로해주기도 하면서 말이다.

그렇게 어느 날부턴가 나는 그저 나로 만족하기로 결심했다. 이유는, 단순했다. 나조차 나를 사랑하지 못하는데, 이 상태로 남에게 사랑받고 싶어만 해서는 답이 없을 거라는 결론이 나왔기 때문이다. 그리고 무엇보다, 나를 사랑하지 못하고는 여행을 이어갈 수가 없었다. 나와 친해져야 여행길도 조금 더 즐겁지 않겠는가? 좋아하는 사람과 함께하는 시간은 순식간에 지나가는 것처럼 말이다. 무서워하거나 스스로에게 절망해서 고민할 시간에 한번이라도 더 즐겁자는 생각이 들었다.

나에 대해 알아갈수록 겁이 나기보다는 도전이 되었다.

나는 결코 용감한 사람이 아니다. 용감한 척할 때는 있지만 사실 나는 겁쟁이었다. 물론 지금도 그렇다. 도전하기보다는 안주하는 것에 집중하고 내 안전을 가장 먼저 생각하는 편이다. 아픈 것 역시 무척 싫어해서 걸을 때조차도 조심하는 편이고, 무엇보다도 엄살이 심하다.

아니 심하다기보단, 주변 사람들이 그렇게 말했다. 난 진짜 아픈 것처럼 느껴지지만 말이다.

그렇지만 이런 겁쟁이도 할 수 있다는 걸 보여주고 싶었다. 그게 뭐든 되었든 간에. 그래서 도전들을 멈추지 않았을 뿐이다.

너무도 즐거운 시간들을 보냈지만 경고의 말 또는 조언들은 언제나 내 뒤를 꼬리처럼 붙어 따라왔다.

"여자애 혼자 너무 위험한 거 아냐?"

"학생이 매일 놀기만 해서 어떡할래? 여행은 천천히 다녀도 되는 거잖아."

더러는 우리 집이 아주 부자인 줄 아는 사람들도 있었다. 허구한 날 여행을 다니니 그렇게 생각할 법도 하지. 그렇지만 결코 아니었다. 오히려 그 반대쪽에 가까운 것 같다고 난 생각한다.

하지만 그럼에도 내가 도전을 멈추지 않을 수 있는 것은 우선 부모님의 지지와 오픈 마인드 덕이었다.

여행예산은 주로 알바를 해서 모았다.

그릇 하나 닦고 여행지 생각하고, 커피한잔 내리면서 비행기 타는 모습을 생각해보고. 그렇게 버텼던 것 같다.

그렇지만 평생 여행만 다닐 수는 없는 노릇 아닌가. 그래서 내 하루를 마치 여행처럼 살아보자고 결심했다. 특별하게 무언가를 하지 않아도, 한 발짝 뒤에서 바라보는 연습. 조금은 느긋해지는 연습. 그렇게 해서 내 주위의 아름다움을 찾아내보는 것.

그렇게 아주 조금씩 생각을 바꾸어 보기 시작했다. 그리고 지금도 여전히 연습해가고 있다.

마음을 조금 더 비우고 나를 온전히 담아내는 방법을.

그러다보면 익숙함이 사라지고, 두근거림이 몰려오기 시작한다. 쿵쿵. 내 심장을 가득히 울려오면서. 그럴 때면 느껴지고는 한다. 내가 살아있다는 것이. 온몸이 뜨거워지면서 흥분이 되어간다.

그때, 이제 다시 발걸음을 떼기 시작하는 것이다. 차근차근, 넘어지지 않게 한 스텝씩.

내 하루들이 모여 아름다운 하나의 이야기를 또 만들어낼 수 있다면 충분하겠다는 마음으로.

그렇게 나의 발걸음이 모여 길이 만들어질 수 있으면 좋겠다는 소망함으로 말이다

그 아름다움들을 찾아내기 위해서, 즐겁고 경이로운 그 하루를 위해서 나는 오늘도 앞으로 내딛어 걸어간다.

가끔은 괜찮아

평범한 하루가 흘러가고 있던 어느 날.

문득 고민이 많아지기 시작했다. 이유조차 알 수 없는 스스로에 대한 질문과 자괴감이 한번에 물밀듯이 터져 올라서 마치 나를 집어 삼킬 것만 같이 밀려왔다.

한번에 나를 가득 채워버린 그 고민들은 정리가 되지 않았다. 아니 오히려 점점 서로가 얽히고 얽혀 꼬여만 갔다.

잔뜩 뒤죽박죽이 되어버린 실타래처럼. 그렇게 한번 꼬여버린 생각들은 좀처럼 정리가 될 줄을 몰랐다.

무엇이 힘든지 잘 알 수 없었지만 힘들었다. 왜 눈물이 나는지 이유조차 알지 못한 채 하염없이 울고 싶어졌다. 그때만큼 내 모습이 초라해 보인 적이 없었다.

멋있는 사람.

어릴 적 순수하게 품었던 나의 꿈이자 목표였다. 좋아하는 것이 참 많았던 어린 날의 나는 하고 싶은 일들도 참 많았다. 그래, 난 '멋있는 사람'이 되고 싶었다.

사실 나에게 멋있는 사람의 기준은 그다지 높지 않았다. 어릴 적 나에게 있어서 멋있는 사람은 그저, '인정을 받을 수 있는 사람'이었다. 타인에게 인정받고 늘 누군가와 함께 어울리고 있는 사람. 그런 사람이 당시의 내게 있어서는 가장 멋있는 사람이었다. 마치 빛이 나는 것 마냥.

필요한 사람이 되고 싶었다.

누군가에게 필요한 존재가 된다면, 그렇게 사랑받을 수 있는 사람이 된다면 그것만으로도 행복해질 수 있을 것만 같았다. 그러나 쉽지 않았다. 어쩌면 말이 되지 않는 것일지도 몰랐다. 나의 노력으로 필요한 존재가 되겠다는 것이.

뒤쳐졌다.

남들은 늘 나보다 앞서갔다. 내가 서고 싶었던 자리에는, 함께하고 싶었던 사람의 곁에는 이미 누군가가 자리 잡고 있었다. 나의 자리는 결국 항상 두어 발짝 뒤에 머물러있을 뿐. 나만 혼자 남아 아무도 따라잡지 못하는 기분이었다.

그 동경 섞인 부러움은 어느 샌가 질투로 변해갔고, 질투는 커다란 가시로 변해서 나를 파고들기 시작했다.

내가 더 이상 꿈을 꿀 수 없도록. 더 이상 힘을 내지 못하도록.

무대 위의 찬란한 주인공들을 바라보는 난 단순한 조연, 아니 무대에 설 수조차 없는 들러리정도밖에 되지 못하는 기분이었다. 내가 서있는 곳은 이미 나를 위한 스테이지가 아니었다.

끝이 나지 않는 무기력의 시간들.

일명 '노잼시기'라고도 하는 그 시간이 찾아오자 아무것도 하고 싶지 않았다. 아니 하고 싶어도 할 수가 없었다. 손에 아무것도 잡히지 않고 눈에 아무것도 들어오지가 않았다. 마음이 가라앉으니 몸 역시 축축 처지기 시작했다.

분명 문제가 있는 것 같은데 무슨 문제인지 스스로의 힘으로는 더 이상 알 수가 없었다.

노력은 때때로 날 배신해왔지만 포기는 나를 절대 배신하지 않았다.

아무것도 하지 않고 흘러가는 대로 시간을 보내며 하루하루를 살아가고 있을 때,

어느 순간부터 스스로에 대한 의문이 들기 시작했다.

가장 원초적인 질문이기는 했지만 '난 왜 살아가지?'라는 생각을 끊임없이 해보게 되었다.

'죽고 싶다'라는 의미가 아니라, 진지하게 궁금했을 뿐이다. 나는 무엇을 위해 살아가야 하는 것인지.

내가 누구이고 난 어떤 노력을 하고 살아가야 하는 것인지.

무엇보다 '내가 이기적인 사람인가?'라는 생각이 참 많이 들었다.

어릴 적부터 하고 싶은 일들은 많았지만, 삼남매 사이에서 첫째로 자라온 나는, 하고 싶은 걸 다 하기에는 쉽지 않은 환경이었다. 내가 무언가 배우고 싶어질 때마다, 하고 싶고 이루고 싶은 것이 생길 때마다 괜한 죄책감이 들어오곤 했다. 내가 이렇게 하면 안 될까봐, 혹시라도 가족들에게 부담이 되어버릴까봐 무서웠다.

가끔 욕심을 부리다 "이기적이다"라는 이야기를 들을 때면 심장이 철렁 내려앉았다.

내가 나쁜 사람으로 보일까봐, 그래서 상대가 나를 싫어하게 될까봐. 무서웠다.

나를 무기력하게 만들었던 가장 큰 이유는 어쩌면, '나는 하면 안 될 거야'라고 생각했던 스스로의 압박감이었을지도 모르겠다.

그렇지만 그럼에도 나를 일어날 수 있게 도와주었던 것은 결국, 내 곁에 있던 좋은 사람들이었다.

사람에게 들은 말들이 나를 무너뜨렸고 또 그렇기에 원망스러웠지만 결국 나는 사람들 때문에 일어나고 또 웃을 수 있게 되었다.

그랬다. 결국 사람은, 그리고 나는 사랑하지 않고는 살아갈 수가 없었다.

보이는 것이든, 보이지 않는 것이든. 사람은 결국 사랑받고 또 사랑해야 살아갈 수 있다.

그 사랑이라는 게 말로 다할 수 없는 큰 원동력이 되어 사람이 움직일 수 있게 만드니 말이다.

어느 정도 무기력 속에서 벗어나고 과거의 나를 돌아볼 수 있는 내가 되자, 전보다는 조금 더 단단해진 상태의 내가 되자, 조금 더 큰 사람이 되고 싶어졌다. 별같이 반짝거리기만 하는 사람이 아닌 곁을 든든하게 지켜줄 수 있는 그런 단단한 사람.

진짜 멋있는 사람은, 진짜 단단한 사람은, 내 옆 사람의 아픔을 품어줄 수 있는 사람이라고.

당신이 눈물 흘릴 때 같이 울어줄 수 있는 사람이라고. 문득 그런 생각이 들었다.

상대를 품어줄 수 있는 사람. 크고 말랑말랑한 품을 가지고 있어서 누군가 공격해와도 그 공격마저 품어줄 수 있는 사람. 그게 나에게 있어선 가장 단단한 사람이었다.

그 넓은 품을 가지고 있는 사람을 만나, 내가 다시 회복될 수 있었으니까.

이제 내 차례인 거다.

울어도 괜찮다.

힘들 때면 멈추어도, 잠시 쉬어가도 된다고.

그 쉼이 남들보다 조금 더 길더라도, 남들보다 더 많이 뒤쳐져도 괜찮다고.

사람은 저마다의 속도를 가지고 있고, 자신의 속도대로 걸어가고 있다면 이미 충분한 것이라고.

내가 해줄 수 있는 말은 단지 이뿐이다.

눈물이 날 때도 있고, 가끔씩은 넘어질 수도 있다. 아니, 모두가 그랬듯이 분명 그런 순간이 올 것이다.

만약 그런 순간이 오게 되었을 때, 이것 하나만은 간절하게 부탁하고 싶다.

포기하지만 말아 달라고, 모든 것을 놓지 말라고.

버텨야 함께 웃을 수 있는 날을 기약해볼 수 있으니 말이다.

남을 웃게 만드는 사람이 되기 전에 먼저, 스스로를 웃을 수 있도록 만드는 사람이 되었으면 좋겠다.

당신이 조금 더 행복한 사람이 되었으면 좋겠다고 생각하고 있으니까.

당신의 마음을 감싸 안을 수 있는,

조금 더 큰 내가 되고 싶다.

* 1달 가까이 이어진 긴 슬럼프를 넘어서며

시간이
남겨둔
낙서

아주 어릴 적부터 생겨났던 별명들 중 여전히 나를 따라다니고
있는 별명 하나가 있다.

'애늙은이'

조숙하거나 얌전한 학생들이라면 한두 번즈음 들어본 적이 있
을 법한 별명이겠지만 나에게 있어서는 단순히 "성숙하다" 정도
의 의미가 아닌, 실제 '늙은이'라는 뜻을 지니고 있는 별명이었
다.

아주 어릴 적부터 내 취향은 또래 친구들과는 조금 달랐다. 적
어도 내가 느끼기에는 종종 그럴 때가 있었다.

만화영화를 좋아했지만 만화보다는 책을 읽는 것이 조금 더

즐거웠고 친구들이 듣는 밝고 빠른 박자의 가요들보다는 조금 옛날 노래들이 가지고 있는 잔잔한 감성이 더욱 내 마음에 깊게 와 닿았다.

만화영화를 보게 되더라도 텔레비전에서 하는 히어로 만화 같은 게 아닌, 부모님이 어렸을 적에나 보았을 법한 〈미래소년 코난〉이나 〈달려라 하니〉 같은 만화를 주로 보고 또 좋아했다. 스토리 자체가 당시의 만화들과는 다르다보니 신선하게 느꼈던 것 같다.

노래 같은 부분은 음악 일을 하시는 아빠의 영향을 받아 그런 것도 있다고 생각한다.

지금도 여전히 내 음악 플레이리스트를 차지하고 있는 가수들은 대부분 김광석, 장필순, 신승훈 같은 1980-90년대 가수들이니 말이다.

어쨌든 요즘 말로는 '레트로'라고 하는 그 감성이 난 참 마음에 들었다. 그 당시엔 태어나지조차 않았음에도 불구하고 20세기 영화 같은 걸 보거나 당시의 문화, 도구를 접하게 되면 괜히 막 신나고 추억이 돋는 듯한 기분마저 들었으니 말이다.

내가 왜 그런 감성에 빠져들게 되었는지, 어떻게 그 레트로 문화를 접하게 되었는지는 잘 기억이 나지 않는다.

그렇지만 그 잔잔함이 좋았던 것 같다.

일명 정보의 시대라고 하는, 모든 것이 너무도 빠르게 흘러가는 이 21세기 현대사회 속에서 그 빠르고 자극적인 즐거움 속에서 잠시 빠져나와 조금 천천히, 그 문화들이 가지고 있는 고유의 즐거움을 느끼고 또 그곳에 빠져드는 것이 나에겐 새로운 즐거움이었고 지금 역시 마찬가지이다.

한창 인터넷 사이트의 레트로 카페에 가입해서 활동하던 도중, 한 회원님의 친절로 인해 감사하게도 카세트 플레이어, 즉 워크맨을 선물로 받게 되었던 적이 있다. 스마트폰에서 몇 번만 터치하면 노래가 흘러나오는 이 시대에 카세트 플레이어라니. 친구들에게 자랑을 하자 친구들의 반응은 역시 예상대로였다. 뭐하는 짓이냐면서 놀리기도 하고 한편으로는 신기해하는 친구도 있었다. 몇몇 친구는 아예 워크맨이라는 것 자체를 모르고 있기도 했다. 그렇지만 누가 뭐래도 난 뛸 듯이 기뻤다. 마치 고대의 유물을 손에 넣은 것만 같은 기분이 들었다. 늘 TV속에서 바라보기만 하던 그 시절의 오락거리를 직접 만져볼 수 있게 된 것이니 말이다.

내 손에 들어온 워크맨은 생각보다 크고 투박했다. 제조년도도 1990년대 후반으로 이미 20년이 넘은 친구였다. 스마트폰도 2년이면 교체를 하는 시대인데 20년이나 된 전자기기라니. 고장이 나지 않고 작동하는 자체로만도 용할 정도였다. 태어나서 처음 만져보는 낯선 물건이었지만 묵직하게 손에 감겨오는 그 촉감이, 워크맨 본체의 이곳저곳에 나있는 흠집들이, 왜인지 모를 괜한 친숙함을 불러일으키는 것 같아서 마음이 따뜻해지는 것만 같은 그런 착각이 들 정도였다.

조금 어려워보이던 외관과는 달리 작동법은 생각보다 그다지 복잡하지 않았다. 사실 꽤 오랜 시간 전에 만들어진 물건이니만큼 그다지 편리한 편은 아니었다. 내게 필요한 것은 그저 약간의 인내심이었다. 다음 곡으로 넘기는 시간 동안 테이프가 감기는 시간들을 기다려야 했고 간간히 이어폰으로 섞여 나오는 노이즈들을 견뎌내야 음악소리에 집중할 수 있었다. 그렇지만 신기하게도 어떻게 보면 불편할 수 있는 그것들마저 내게는 정답게 다가왔다.

너무 똑 부러지게 완벽한 것보다는 뭔가 조금 오류도 있고 딜레이도 되고 해보아야 인간미가 느껴지지 않겠는가.

카세트 플레이어의 재생버튼을 누르면 철커덕 하고 잠시 테이프가 감기는 소리가 흘러나온 후에야 노래를 들을 수 있다. 가끔씩은 그 테이프 감기는 소리가 좋아서, 이어폰을 귀에 끼지 않은 채로 테이프가 돌아가는 소리에만 귀를 기울인 적도 있었다.

지금은 흔하게 들을 수 없는 그 조잡한 기계의 소리가 마치 몇 십 년의 세월들을 담아 간직하고 있는 것만 같아서.
그 긴 세월을 나지막히 노래하며 읊어내는 것만 같아서 나도 모르게 귀를 기울일 수밖에 없게 만들었다.

향수가 느껴졌다.
알지 못하는, 경험한 적이 없는 그 시절의 문화에 괜시리 심장이 두근대었다.
내가 바란 것은 어쩌면 느긋하고 또 좀 더 깊은 따뜻함일지도 모르겠다는 생각이 들어왔다.

그렇게 나는 레트로 문화에 흠뻑 빠져들게 되었다. 지금까지도 말이다.
한발자국 느리게, 그리고 한발자국 더 깊이…
단순하고 빠른 것도 좋지만 때때로는 조금 느리게 나를 돌아볼 수 있는 시간을 가질 수 있도록 말이다.

나는 조금은 느리고 또 조금은 독특한 취향을 가지고 있는. 그런 평범한 10대의 청소년이다.

* 카세프 플레이어로 테이프가 감기는 소리와 함께 가장 좋아하는 가수의 노래를 들으며

가고 싶다
가고시마

내가 다녀온 일본의 한 지역에는 화산이 있었다. 이미 죽었거나 쉬고 있는 화산이 아니라 여전히 살아서 매일같이 움직이는, 언제 터질지 모르는 그런 활화산. 그것도 심지어 바로 육지의 코앞, 배로 15분이면 들어갈 수 있을 정도의 거리에 위치해있었다.

사실 여행예정지에 화산이 있다는 것을 처음 알게 되었을 때는 별 감흥이 없었다. 애초에 화산에 대해 아는 정보도 없었고, 화산이라고 해도 단순히 그냥 산 정도로만 생각했던 것 같다. 제주도의 한라산같은, 정말 '산' 말이다. 내가 원했던 조건은 경비가 많이 안 들고, 조금 한적해야 한다는 것이었는데 이 지역이 내 조건에는 제격이었던 것이다.

그러나, 여행을 위해 이리저리 정보들을 찾아보던 나는 점점 겁이 나기 시작했다. 화산은 내가 생각했던 것보나 훨씬 더 위험해 보였고, 화산활동 때문인지 정확히는 모르겠지만 이 지역에서는 지진 역시 자주 일어나는 편이었는지라 가기로 결정하기엔 꽤나 큰 마음의 준비가 필요했다. 여행을 간다는 것은 좋았지만 혹시라도 문제가 생길까봐 걱정이 되었다. 결국 겁먹었던 것이다.

물론 이 지역과 심지어 그 화산섬 안에도 사람들이 살고, 또 마을 역시 이루어져 있었다. 그렇지만 그렇다고 해서 화산의 피해가 없는 것은 아니었다. 섬사람들은 그 화산의 피해를 조금이라도 피하기 위해, 아이들은 노란 안전모를 착용하고 다니기도 하고, 집집마다 화산재를 담는 쓰레기봉투도 가지고 있다고 했다. 가끔 비가 오는 날이면, 빗물에 화산재가 섞여내려 비를 맞게 되면 까맣게 물들기도 한다는 이야기까지 듣게 되었다.

화산에 대한 것을 알게 되면 알게 될수록 점점 무서웠다. 별별 걱정들이 다 떠올라 '여행지를 바꾸어버릴까'까지도 생각하게 되었다. '내 옷이 화산재로 더러워지면 어떡하지?' 하는 작은 고민들부터 '내가 갔을 때 화산이 폭발하면 어떡하지?'라는, 극단적인 생각들까지 하게 되었다.

예전에 봤던 화산에 관한 영화들까지 떠올라서 불안감은 최고조를 찍고 있었다. 그러나 여행지를 바꾸기로 결정하기 직전, 내가 보게 되었던 한 사진이 내 마음을 바꾸어 놓았다.

화려하진 않은 그 한 장의 사진은 그저 비가 오는 날, 수줍은 듯 안개에 가려져 있는 화산섬이 담긴 풍경의 사진이었다. 내가 생각하고, 또 인터넷에서 찾아보았던 화산의 사진들과는 참 다른. 고요하고 또 부드러운 산의 모습이 말이다. 그 사진을 보다 보니 궁금해졌다. 그곳에서 평생을 살아가는 그 사람들의 마음이 말이다.

언제 터질지 모르는 시한폭탄이나 마찬가지인 땅 위에서 하루하루를 보내는 것인데. 그 사람들의 일상과 그 마음이 궁금해서 견딜 수가 없었다. 내가 뭔가 그곳에 대해 잘못 생각한 듯 싶기도 해서 스스로의 오해를 풀고 싶기도 했다. 그 궁금증을 이기지 못해 결국 나는 여행지를 바꾸지 않고, 그 화산섬이 있는 곳으로 향하는 비행기에 오르게 되었다.

마을은 지극히 평범했다. 한적하고 시끄럽지 않은 도시는 내 마음에 꼭 들었다.

언제 터질지 모르는 그 불안함 속에서도 사람들은 하루하루 자신의 일상에 최선을 다했다. 그 사람들의 마음을 자세히 알 수는 없지만 적어도 내 눈에 비친 그들의 모습은 그렇게 보였다.

그 일상 속에 남몰래 숨어들어서는 잠시나마 스며들어 시간을 보내던 도중, 드디어 그렇게 궁금했던 화산의 모습을 드디어 보게 되었다.

화산의 모습은 지극히 평범했다. 누가 설명해주지 않으면 그게 화산이라는 걸 모를만큼. 그저 물에 떠있는 아주 평범한 산 같이 보였다.

바다를 사이에 두고 한참동안 서서 그 화산섬을 가만히 올려다 보았다. 아니, 사실은 눈을 뗄 수가 없었다.

바다 위, 우두커니 떠있는 그 산이 나의 시선을 사로잡다 못해 빨아들였다. 강하게, 아주 강하게.

화산의 꼭대기에는 안개일지, 화산의 재일지 모르는 무언가로 뿌옇게 가려져서는 보이지 않았다. 무엇이 그렇게도 부끄러웠을까, 그곳에 머무른 삼일 간의 일정동안 결국 나는 숨어있던 그 화산의 끝부분을 보지 못했다.

사실 마음만 먹었다면, 배를 타고 들어가 그 화산의 정상. 가려졌던 그 부분에 올라가볼 수 있었다. 숨겨진 그곳에 과연 무엇이 있을지 무척 궁금했지만… 그렇지만 굳이 그러고 싶지 않았다. 모두에겐 드러내고 싶지 않은 부분이 있듯이 당시에는 그 산이 그런 생각을 하고 있는 것 같은 마음이 문득 들어왔다.

문득 내 눈에는 그 화산이 참 외로워 보였다.

혼자 우두커니 바다 한가운데 서있는, 육지와 그 사람들의 모습을 보며 이러지도 저러지도 못하는.

시도 때도 없이 폭발하고, 또 그럼에도 외로워하는.

그 화산섬은 처음부터 사람이 살 수 있을 정도의 땅을 가졌을 만큼 큰 섬이 아니었다고 한다.

그러나, 화산이 넘쳐흐르고, 용암들이 점점 퍼져나가면서 굳고 또 퍼져나가고를 반복하면서 땅을 이룬 것이다.

관광버스에서 나오는 이 설명을 듣고 있다가 갑자기 한 가지 생각이 머릿속을 스쳐 지나갔다.

이 화산 섬은 외로웠던 거다. 자신도 모르게 자꾸 뿜어져 나오는 그 열기를 주체하지 못하고 쏟아내면서도 결국은 외로웠던 거다. 그 외로움에 사무쳐서, 자신의 몸으로 어떻게든 노력해서는 함께하고 싶었던 거다.

그 따뜻함 속에 말이다.

거대한 화산섬이 어째서인지 너무도 애처롭게, 내게 다가왔다. 그런 의미에서는 나와 참 많이 닮은 그 섬이, 조금 더 따뜻하게 내 마음 속에 스며들어왔다.

언젠가 다시 보았을 때를 기대하면서 조금은 아쉬워보자는 마음으로.

그 커다란 섬을, 아주 작은 내가 꽉 껴안아주고 싶을 정도로.

어쩌면 그래서 더더욱, 화산섬의 정상에 올라가보지 못했을지도 모르겠다.

여럿인데 혼자인 것처럼.

혼자인데 여럿인 것처럼,

우리는 오늘 하루도 그렇게 살아간다.

* 일본 가고시마에서 가고시마 앞의 화산을 바라보며

거짓말

거짓말.

사람은 참 많은 거짓말을 하며 살아간다. 적어도 나는 이에 해당되는 사람이었다.

거짓말을 할 의도를 가지고 말을 한 적은 그리 많지 않았다.

그저 약간의 허풍, 내가 아는 진실보다는 조금 더 나아보이고 싶어서. 그 뿐이었다.

거짓말을 좋아하지는 않았다. 애초에, 거짓이라는 것 자체가 실제로 존재하지 않는 것이니까.

거짓을 좋아하는 사람이 몇이나 되겠는가?

그렇지만

그대로 받아들이기에는 진실은 너무 차갑고 또 딱딱했다. 나조차 인정하기 어려운 사실이 있을 때면, 그 사실을 남이 알게 될 때면 받아들이기 힘들까봐, 조금은 나은 사람으로 보이고 싶어서. 그래서 나를 감추었던 적이 참 많았다.

그게 시작이었다.

한번 부풀어 오르기 시작한 거품은 작아지지 않았다.

아니, 오히려 바람을 타고 점점 더 몸집을 키워나가기 시작했다.

만들어진 거짓을 감추기 위해선 또 다른 가짜를 만들어낼 수밖에 없었다.

거짓말이라는 것 자체가 누군가에게 피해를 끼친다고는 생각하지 않았다.

아니, 남에게 피해를 끼치지 않는 적당한 거짓말은, 어느 정도의 허풍은 오히려 좋은 영향을 끼칠 수 있다고 생각했다. 안 괜찮더라도 괜찮다고 이야기하는 것, 좋아하지 않더라도 좋다고 하는 것.

그게 내가 할 수 있는 최고의 노력이었다.

관계를 무너뜨리지 않고 유지해나가기 위해서.

내 스스로, 전혀 감추지 않은 나로는 사랑받을 수 없을 것만 같았다. 어느 순간부턴가, 벗고 있는 것만 같은 기분에 솔직해지지 못하기 시작했다.

　나 스스로에게도.

　중얼거렸다.
　존재하지 않는 허상을 되뇌었다.
　스스로의 눈을 가려버렸다.

　"아무도 날 미워하지 않아"
　"나는 사랑받을 수 있어"

　사실인지 거짓인지 나조차도 알지 못하지만, 나는 스스로에게 이 말을 속삭였다.
　거짓말인 것 같았다.
　다 알면서도
　이미 모든 것이 밝혀졌음에도

　스스로를 속이고 있는 것만 같은
　억지로 눈을 꼭 감고 있는 것만 같은 그런 불안감에 사로잡혔다.

더 이상 어디까지가 진실인지,

어디부터가 사실인지

구분할 수가 없게 되었다.

무엇보다 두려움이 나를 짓눌러왔다.

이것이 거짓이라면,

내가 진짜라고 믿어왔던 이것들이 전부 내 스스로가 만들어

낸 신기루라면

나는 어떻게 해야 할까? 하고 말이다.

웅크려 들었다.

사랑받지 못할까봐

그게 가장 무서웠다.

어쩌면 차라리,

사라져 버리는 게 마음에 편해질 수도 있겠다. 라는 생각을 해

보게 되었다.

애초에 나 스스로도 어디까지가 거짓인지 분간을 할 수 없게

되자

내가 누구인지 알 수가 없었다.

거짓을 이야기하는 게 솔직함을 드러내는 것보다 훨씬 어렵다
는 것을 그제야 알게 되었다.

아니, 알게 된 정도가 아니라 온 몸으로, 피부로 느껴보았다.

두려운 모습 그대로

원망하는 모습 그대로

다만 한없이 소중하게

하얀 거짓말.

붉은 거짓말.

이젠 거짓말이 아니라.

나를 가리려고 색을 덧입히는 게 아니라

그저 진짜 내가 되고 싶었다.

단지 이젠.

그뿐이다.

렌즈로
바라보는
세상

사진을 찍는 것을 좋아했다.

지금 내가 바라보고 느끼는 것들을 담아두고 기록하는 것.

그 순간순간을 간직해두는 것이 좋았다.

단지 그것 뿐, 사진을 찍는 데에 뭔가 특별한 이유가 있거나 철학을 가지고 있는 것은 아니었다.

평범한 일상들을 보내다보면 문득 사진을 찍고 싶은 하루들이 있었다.

교실의 창밖으로 햇살이 나지막히 들어와서는 교실 안을 가득 채워갈 때, 비가 내려 우산으로 물방울이 떨어지며 빗소리가 울려 퍼질 때.

화려하거나 굉장하고 특별한 순간보다는 잔잔한 일상 속을 찍어 추억하고 간직하는 것이 조금 더 좋았다.

오랜만에 사진을 보면 그 당시의 풍경, 느낌, 향기가 살아나는 것만 같아서. 그 두근거림이 내 심장을 쿵 하고 울리는 게 마음에 들어서.

잔잔한 그 하루를, 마치 아무것도 아닌 것만 같이 흘러가는 시간을 멈추어서 뭔가 특별하게 담아내보는 것.

그것이 내가 추구하는 사진이었고, 또 내가 담아내고 또 앞으로 완성해나가고 싶은 작품이었다.

카메라를 들고 다니면서 많은 것들을 렌즈에 담아내다 보면 생각보다 다양한 질문들을 들을 수 있다. 그렇지만 그중에서 많이 들어본 질문을 꼽아보라면 역시 "사진 잘 찍는 팁이 뭐가 있어?"였다.

사실 '사진을 예쁘게 찍는 팁' 같은 건 그다지 존재하지 않는다. 적어도 난 그런 팁 같은 것을 가지고 사진을 찍은 적이 단 한 번도 없었다.

그래서 이 질문을 받을 때면 꽤 당황스러워졌다. 난 '팁'이라던가 뭔가 기술을 가지고 있는 것이 아니니 말이다. 그래서 내가 알려줄 것도 딱히 존재하지 않았다.

단지 나는, 말했던 것처럼 한 장의 사진에 나의 시선을 담아내는 것이 좋았을 뿐이다.

여건이 되지 않더라도, 사진을 찍을 수 있는 상황이 되지 못하더라도 피사체가 내가 좋아하는 풍경. 내가 좋아하는 사람이라면 이미 그것만으로도 마음이 담긴 사진을 찍어내기엔 충분했다.

완벽한 구도보다도, 정확한 카메라 설정 세팅보다도 우선 내 시선에 보이는 그 피사체만의 고유의 아름다움을 담아내고 싶었다. 그 순간을 알지 못하는 사람이더라도 내 사진을 통해 그 사진 속에 담겨있는 이야기와 그 애정, 나의 마음을 느낄 수 있게 될 수 있도록.

그렇지만 그 시선을 충분히 표현해냈다고 느끼지 못했기에 나는 아직도 카메라를 손에서 놓을 수가 없다.

요즘은 스마트폰이 많이 발전해 핸드폰으로도 쉽사리 훌륭한 사진들을 건져낼 수 있게 되었다. 기계가 단순해지고 보편성도 늘어난 만큼 사진을 찍는 사람 역시 많이 늘어났다.

그래서 기계의 보편성을 위해 스마트폰같은 단순하고 쉽게 사용할 수 있는 기계들이 늘어난 만큼, DSLR 카메라를 가지고 다니는 사람은 많이 줄어든 편이다. 애초에 생김새 자체도 조금 복잡해 보이고, 들고 다니기도 무거워 종종 귀찮아지고는 하니 말이다.

카메라를 바리바리 싸서 들고 다니다보면 종종 "무겁지 않느냐"는 질문을 듣게 될 때가 생기고는 한다.

사실 DSLR을 매번 가지고 다니기엔 분명 귀찮을 때가 존재한다. 따로 충전을 시키기도, 카메라 액세서리들을 일일이 확인해서 가지고 다니는 것은 여간 번거로운 게 아니다. 무더운 여름, 까맣고 두꺼운 카메라를 목에 걸고 다니다 보면 땀이 흘러 목덜미가 찝찝해진 적 역시 한두 번이 아니었다.

그럼에도 불구하고 카메라를 들고 다니게 되는 이유는 '조금 더 집중할 수 있어서' 인것 같다.

내가 추구하는 사진은, 나만의 애정, 사랑을 담아 피사체를 바라보는 것인데

애정을 담아낸다는 것은, 평소보다 조금 더 큰 사랑이 담긴 시선으로 피사체를 바라보는 것인데, 생각만큼 쉬운 일은 아니었다.

그러기 위해선 평소보다 약간 더 많은 집중과 또 약간의 관심이 필요했고, 그러기엔 사실 카메라가 제격이었다.

카메라의 뷰파인더에 눈을 가져다대면 이리저리 사방으로 흩어져있던 나의 시선은 딱 한 곳으로 모이게 되었다.

뷰파인더 속 빨간색의 초점이 깜빡이며 멈추이는 곳으로.

그곳에 내 초점을 맞추어 집중을 하게 되면 더 이상 다른 것들은 중요하지 않았다. 그때부턴 순간의 스피드와 나의 감각만이 남아있을 뿐.

그렇게, 나에게 있어서 사진을 찍는다는 것은 나와 피사체가 시선을 맞추게 되는 그 순간이었다.

모든 게 고요해지고 이 세상에 마치 나와 카메라, 그리고 피사체만 남은 것처럼.

그 순간만큼은 피사체의 모든 것을 느낄 수 있을 것만 같은 기분이 들어온다. 뷰파인더 속으로, 렌즈를 통해 내 눈으로 들어오는 그 순간에는 저절로, 나도 모르게 그 존재의 아름다움을 발견하게 되고 만다.

간혹 정말 마음에 드는 사진이 찍히게 되면 그날은 하루 종일 먹지 않아도 기분이 좋았다.

저절로 웃음이 지어졌고, 자꾸만 다시 사진을 보게 되고 또, 옆의 사람들에게 자랑해서 내가 바라본 그 시선을 함께 나누고 싶었다.

나눈다.

공유한다.

다른 사람들이 알지 못하는, 아직 발견하지 못했을지도 모르는 그 아름다움에 대해서.

온 세상을 감동시킬 수는 없다고 하더라도 내 곁에 서있는 사람들에게만큼은 감동을 주고 싶었다.

나의 시선이 머무는 곳

나의 마음이 와 닿는 곳

그걸 간직하는 것이

기록해서 남겨두는 것이

어쩌면 앞으로 내가 간직하고 추구해야 할 평생의 목표일지
도 모르겠다.

먼 훗날, 언젠가 문득 스스로의 마음이 조금 무뎌진 것만 같은
느낌이 들어올 때

내가 남겨둔 흔적으로,

그 한 장의 사진으로 다시 돌아보며 그때의 감정과 또 그 사진
안에 녹아있는 나를 마주할 수 있도록.

그렇게 나는 마음을 나누기 위해 오늘도 카메라를 들어본다.

* 좋아하는 친구의 사진을 찍은 후, 느꼈던 감정들

그래서

좋아했다.
사랑했다.

포기했다.
아니, 그만두기로 마음먹은 것이다.

좋아해서.
너무 좋아하니까.

좋아하는 마음이 커질수록
서운한 마음이 커지게 된다는 것을 처음 알게 되었다.

나에게만 좀 더 쌀쌀맞은 것 같이 느껴져서
나에게만 조금 더 무심한 것처럼 느껴져서

되도 않는 착각 속에서 혼자 울었고, 또 혼자 웃었다.

사실,
모든 게 착각이었다. 그래 그랬던 거다.
그 사람이 나에게만 다정하게 대해주었던 것 같이 느껴졌던
것도
나에게만 무심하게 느껴졌던 것도

우린 그저.
평범한 보통의 선 위에서 나란히 서있었을 뿐이다.
남들과 같이.

그래서,
그렇기에 그만두었다.

그 사람을 미워하고 싶지 않아서.
나의 애정이 서운함에서, 미움으로 바뀌는 것을 보고 싶지 않

았으니까.

아니, 차마 볼 수가 없었던 거다.

이것이 내가 해줄 수 있는 최선의 노력이었다.

애써 웃어본다.

웃어야만 한다.

네가 행복해지기를

네가 훨훨 날아올라, 내가 너에게서 보았던 그 찬란함을 더 널리 펼쳐내었으면 좋겠다고 간절히 바라고 있으니까.

그래.

네가 날아오를 때

나는 그 빛을 보고 박수쳐줄 것이다.

아니, 그래야만 한다.

사랑했으니까.

어쩌면 여전히

사랑하고 있으니까.

안개

흐려졌다.
눈앞이 새하얗게 변해 아무것도 보이지 않았다.

바닷물이 물러선 자리에 꽁꽁 숨어있던 흙이 드러나자
맨 흙을 드러내는 것이 부끄럽기라도 하다는 듯이
햇빛과 부딪혀서는
뿌연 해무를 만들어 낸다.

모든 것을 가려버리려는 듯이
또 모든 것을 품어주려는 듯이.

하얀 안개가 온 세상에 가라앉아
그 드러난 땅을 감추어 품어낸다.

멈추었다.
눈앞에 아무것도 보이지가 않는다.
모든 것들 사이에 우두커니 서서
귀를 기울여 본다.

나를 스쳐 뒤로 흘러가는 안개에
마치 구름속인 것만 같이 포근하고 또 시원한 바람에
마음 깊이 알 수 없는 간질임과
설레임이 가득 차올라

깊은 숨을 내뱉는 것으로 나의 설렘을 대신해본다.

가슴을 울려오는 상쾌한 바람이 내 몸 가득히 퍼져나가
나도 모르게 한 발 앞으로 내딛어본다.

아무 것도 보이지 않지만,
어느 쪽이 앞인지조차 알 수 없는 그 안개 속에서.

한 발 한 발 앞으로 내딛는다.

저 앞으로 걸어가다 보면,

파도의 물결자국만이 남아있는 이 흙 위로 내 발걸음을 새기며 걸어가다 보면.

누군가 내 이름을 다정하게 불러오는 것만 같아서
마치 내 손을 잡고 이끄는 것만 같은 따뜻함이 느껴져서
누군가 나를 향해 팔 벌리고 있을 것만 같아서.

몸을 가누지 못할 만큼, 마음이 터질 듯이 두근거린 채로

그 따뜻함을 의지해서
마음 속 가득히 울려퍼지는 그 목소리를 의지해서

나는 발걸음을 떼어낸다.

다시 넘어지더라도
이 안개 속에서 길을 잃게 되더라도

다시 그 손을 잡고 일어나겠노라고.

* 태안, 썰물로 물이 빠져 바닥이 드러난 갯벌의 해무 사이에서 느낀 감정들

어른

어릴 적 나는 빨리 어른이 되고 싶었다.

어서 빨리 자라서 어른이 된다면, 하고 싶은 것을 다 하고 마음
편히 즐겁게 살 수 있을 줄로만 알았다.

지금의 나보다 더 멋있는 사람이 될 수 있을 줄 알았다.

그렇지만 한 살, 두 살 나이를 먹어가면서, 점점 생각이 바뀌
기 시작했다.

하루를 살아내는 것이, 어른이 되어가는 과정은 내 생각만큼
호락호락하지 않았다.

'어쩌면 어른이 된다는 게 그리 멋있는 일이 아닐 지도 모르겠
다'라는 생각이 문득 들어왔다.

궁금했다.

내가 아직 어려서 힘든 것인지,

너무 작은 나라서 견디기가 버거운 것인지.

어른이 된다면,
진짜 어른이 된다면 모든 것이 조금은 가벼워질까?
나이가 들면 지금보다 조금 더 느긋해질 수 있을지.
지금의 나보다 힘든 일들을 더 잘 견뎌내고 버텨낼 수 있을지.
그리고.
지금보다는 덜 아파하고 눈물 흘릴 일이 조금 줄어들 수 있을
지.

어른이 되고 싶었다.
단순히 나이를 먹어서 성인이 되는 것이 아닌,
진짜 어른이.

그렇게 어른이 되고 싶었지만 사실 진짜 어른이 된다는 것이
무엇인지 나는 잘 알지 못했다.

애초에 내가 어른이 되어본 적이 없다보니, 어른의 기준이 무
엇인지 정의를 내리기도 쉽지 않았다.

그렇지만, 20살이 된다고 해서.

시간이 흘러서 나이를 먹고 땡 하고 성인이 된다고 해서. 그게 어른이 된다는 것은 아닌 것 같았다.

그렇게 단순하게 모두가 진짜 어른이 될 수 있다면 사는 게 이렇게 힘들 것 같지는 않았다.

진짜 어른이라면 무언가가 있어야 한다고 생각했다.

지켜보았다.

나에게 어른이라고 느껴지는 사람들의 모습을. 그 사람들의 하루하루와 그 삶을.

정확히 "이거다"라고 할 수는 없어도 어느 정도 느낄 수 있게 되었다.

내가 생각하는 어른은,

좀 더 사랑할 수 있는 사람.

조금 더 마음을 나눌 수 있는 사람.

상대를 품어줄 수 있는 사람이었다.

그런 사람이 되고 싶었다.

지금은 내가 아무것도 할 수 없지만, 시간이 흐르고 조금 더 키

진 내가 되었을 때엔
　진짜 어른이 되고 싶었다.

　누군가의 기쁨에 진심으로 같이 웃어줄 수 있는
　또 누군가의 눈물에 같이 눈물 흘려줄 수 있는.
　조금 더 나은 세상을 만들고 싶으니까.
　모두에게 조금 더 따뜻한 하루가 되었으면 좋겠다고 간절히 바
라고 있으니까.

　그래 난 그런 어른이 되고 싶다.

게임

누군가는 나를 계획했을 것만 같았다.
그래야만 했다.

아무 의미가 없이 태어났다면
그저 흘러가는 대로 살아가고 거기서 그저 그런대로 끝나버
리는 것이라면
모든 게 허무할 것 같았다.

하다못해 게임 속에조차 퀘스트가 있는데
내 인생, 가장 중요한 나의 이야기에 목표가 없다면 그게 말이
나 되는 일인가.

약간의 퀘스트를 찾아내기는 했었다.

아무것도 하지 않은 것은 결코 아니었다.

그렇지만 내게 중요한건 몇 가지 스킬이나 올려대는 서브 미션들이 아닌, 이 이야기를 완성해나갈 수 있는 메인 퀘스트. 그것을 발견하고 깨나가는 것이 사실 가장 중요했다.

이 게임.

'나'라는 사람의 인생을 설계하고 구상하고 만들어둔 존재의 생각을 난 파악해야만 했다.

아니 그러고 싶었다.

그래야 이 이야기의 목적과 방향을 발견해서 엔딩까지 이어나갈 수 있을 테니까.

어려웠다.

참 많은 고민들이 반복되었다.

가끔씩은 너무 많은 생각들로 인해 머릿속이 뒤죽박죽이 되어 아무것도 되지 못하는 날도 분명 있었다.

그럴 때면 이 이야기고 뭐고 다 그만두고 떠나버리고 싶은 생각들에 강력하게 사로잡히기도 했다.

그렇지만 그럴수록 이상하게 포기할 수가 없었다.

포기하고 싶지가 않았다.

반드시 끝까지 나아가서, 알아내고 싶었다.
내가 이 이야기의 주인공이 된 이유를.
그분이 나와 이 이야기를 만들어가기로 결정한 이유를.

그래서,
내가 멈추지 않고 나아갈 수밖에 없는 이유는
포기하지 않고 계속해서 도전하면서 살아가는 이유는
이것이다.

그렇게 분명히 알고 싶어서.
아니, 알아야만 하니까.

내가 누구인지.
그리고 당신은 누구신지.

마지막, 그 끝에 내가 도달하게 되었을 때
함께 웃을 수 있기를 간절히 바라는 마음으로 말이다.

익숙함에
속아간다는 것

엄마가 아팠다.

하늘같았던, 늘 가장 강한 사람인 것만 같았던 엄마가 아팠다.

눈물이 떨어졌다.

엄마의 빰을 타고. 눈물이 흘러내렸다. 하염없이 하염없이.

마치 그 눈물이 커다란 해일이라도 되는듯 내 마음이 갈피를
잡지 못하고 잠겨버렸다.

무너졌다.

조용히 조용히.

소리 없는 그 눈물에 나는 휩쓸려 무너져 내렸다.

엄마가 아프셨을 때 가장 크게 알게 된 것이 한 가지 있었다.

우리가 평범하게 하루하루를 웃기도하고 울기도 하면서 살아갈 수 있는 이유는, 우리에게는 다시 반복될 내일이라는 하루가 약속되어 있다는 암묵적인 믿음 때문이었다는 것이다.

한 번도 생각해본 적조차 없는 생각들이 닥쳐오자, 사실 무엇보다 당황스러웠다.

우리가 평범하게 하루를 살아갈 수 있는 것이 특권이라는 생각은 이전까지 한 번도 해보지 못했던 것이었다.

어쩌면, 당연하다고 생각했던 그 일상이 깨져버릴 수도 있다고 생각하자 난 미친 듯이 겁이 나기 시작했다.

언젠가 보았던 영화의, 어둠 속에서 눈을 감으면 시간여행을 할 수 있는 그런 능력을 가진 주인공이 참 부러웠다.

나도 시간을 되돌아갈 수 있다면, 하루를 한 번 더 살아낼 수 있다면

지금보다 더더욱 잘 살아낼 수 있을 것만 같았다.

후회하지 않고 보다 완벽한 것처럼 더 나은 오늘을 만들면서 말이다.

게임은 저장한 곳부터 다시 계속해서 반복할 수 있는데, 역시 나의 하루는 호락호락하지 않았다.

당연해진 것을 소중하게 여기는 연습은
생각보다 더 쉽지 않았다.
익숙해져버려서 나의 일상이 되어버린 것을 다시 특별하게 여기려 노력하는 것은 참 어려웠다.

한번이라도 더 사랑한다고 말할 수 있도록.
한번이라도 더 내 잘못을 고백할 수 있도록.
한번이라도 더 웃음 지을 수 있도록.

어떻게 하면 내 하루에 최선을 다할 수 있을지 생각해보았다.
시간이 지나고 내 행동, 나의 그 부족함에 후회하게 되는 내가 싫었다.

'그때 조금 더 잘해볼걸.'
'조금 더 열심히 했으면 지금 이런 일은 없었을 텐데…'

그랬다.
내 부족함은 결국 나 스스로의 노력 부족에서부터 나오는 것이었다.

하루를 소중히 대하는 법에 대해 생각해보게 되었을 때,

우연히 오프라 윈프리의 책을 읽게 되었다.

그 책에서 다루었던, 오프라 윈프리의 평생의 습관이었던 감사 노트에 대한 내용을 읽고

뭔가 머리를 망치로 맞은 것만 같은 느낌이 들었다.

내 삶에서 발견하지 못했던 게, 감사였나? 라는 데까지 생각이 미치자 조금 부끄러워졌다. 어떻게 보면 가장 작고 단순한 일인데, 그걸 잊어버려 골머리를 앓았으니 말이다.

나에게 조금이나마 물을 줄 시간을 만드는 것.

그게 작은 기쁨, 감사하는 것의 효과였다. 화초나 식물들조차도 일주일에 한 번씩은 물을 주어야 하는데, 그걸 알지 못하고 마음에는 물을 주지 못했으니. 어떻게 보면 이미 내 마음이 딱딱하게 굳어가는 것은 당연할지도 몰랐다.

일주일간의 나를 돌아보는 것. 감사한 일들을 찾아내고 스스로 감사하며 칭찬해주는 것.

처음 감사하는 것을 시작했을 때는 생각보다 더 어려웠다.

애초에 억지로 감사한 것을 찾는다는 것이 무슨 도움이 될지 모르겠다고 생각했다.

그러나 조금씩, 감사하는 연습이 되면 될수록, 감사한 것은 점점 늘어났다. 감사하는 습관에도 근육이 붙기 시작한 것이다. 1주, 2주 감사하는 일들을 늘려보자 어느새 그 습관은 나의 일상이 되기 시작했다. 사소한 일들에 감사해졌고 또 무언가 좋은 일이 생기는 날에는 무의식적으로 '아 이건 이번 주 내 작은 기쁨이다'라고 생각해보게 되었다.

그렇게 아주 사소한 즐거움들, 생각해보지 않으면 알아채지 못할 소소한 행복들이 모여모여 나의 하루를 만들어갔다. 크게 변화는 없는 것같이 느껴졌지만 뒤를 돌아보았을 땐, 이미 나의 삶은 조금 바뀌어 있었다.

하루하루가 조금 더 의미 있어지기 시작했다.

조금 더 최선을 다할 수 있게 되어졌다.

단지 그거다.

익숙함에 속아서 가장 귀한 나의 것을 놓치지 않는 것.

적어도 최선을 다해서 노력하면 후회할 일은 없으니까.

최선을 다한다는 것은 잘해야 한다는 것이 아니라

그만큼, 그 정도의 열심을 다한다는 것.

그러니까, 내가 해낸 일이 나 스스로를 감동시킨다는 것이다.

그저, 그랬으면 좋겠다.

당신이 행복했으면 좋겠으니까.

이미 돌이킬 수 없는 상황을 바라보며 후회하는 모습을 보고 싶지 않으니까.

후회하는 것만큼 비참한 것이 또 있겠는가.

그렇지만 만약,

아주 혹시라도

최선을 다했지만, 정말 열심히 자신을 쏟아냈지만

원하는 결과를 완전히 이루어내지 못했다면

그땐 그저 크게 웃어버리는 거다.

허파에 바람이 든 것 마냥. 폐에 바람이 가득 찰 것만 같을 정도로 아주 아주 크게.

그거면 된 거다.

당신은 최선을 다했으니까. 적어도 '조금 더 열심히 할 걸 그랬어'라는 생각은 들지 않을 수 있는 게 아닌가?

그럼 된 거다. 실패한 게 아니라,

내가 그 정도밖에 안되는 게 아니라.

이 기회를 통해 더 높은 곳으로 올라갈 거라고 믿는.

나를 위한 길, 그 계획이 있을 거라고 믿는.

그저 그런 시간이었던 거라고 생각하고 훌훌 털어버릴 수 있게 말이다.

* 새해에 일 년 동안 감사했던 것들을 돌아보며 10개로 추려보던 도중

고민

글을 써내려가면서 참 많은 고민들을 반복했었다.

글 쓰는 건 늘 재미있는 일이라고만 생각해왔었지, 목적을 가지고 누군가에게 보여줄 글을 쓰자니 만만치가 않았다.

어떤 문장에서는 자꾸만 같은 표현들이 반복되어가는 것 같아서 괜히 글 전체가 어색해보였고 또 가끔씩은 더 이상 글이 써내려가지지 않아 하루 종일 머리가 복잡해지는 날도 참 많았다.

그 때마다 수없이 같은 고민들이 반복되었다.

나는 어떤 책을 만들고 싶은지.

내가 꿈꿔왔던 '작가'라는 삶을 살아가게 된다면, 나는 어떤 글을 써내려가고 싶은 건지.

내 글을 읽게 될 사람들, 내 책의 독자들에게 무슨 이야기를 하고 싶은 것인지.

서점에 한가득 꽂혀 있는 책들은 모두 완벽해 보였는데, 내 글만 문제투성이처럼 느껴졌다.

좌절감이 커져가는 날일 때면 내가 꿈을 이룰 자격이 있는 건지 의심이 되는 날도 있었다.

무수히 많은 고민들 속에서 결국 책은 완성되어갔다.

내 글이기에 스스로가 객관적으로 판단할 수 없으니, 어느 정도로 완성도 있는 글일지 짐작조차 가지 않는다. 다듬는다고 다듬었지만 어쩌면 여전히 구멍이 이곳저곳에 뚫린, 허술함투성이 글일지도 모르겠다.

출간 준비를 하면서 계속해서 참 많은 주제들로 글을 써왔다.

그날의 기분에 따라, 처해졌던 상황에 따라 여러 가지 감정과 시선을 가지고 나의 마음을 담아냈다.

한편의 글을 완성해낼 때마다 글의 결론은 조금씩 달랐지만

사실 글을 쓸 때마다 떠오르는, 내가 마음속에 깊이 가지고 있는 한 문장이 있었다.

"어둠 속에 갇혀있지 마"

언젠가 누군가에게서 들었던 이 한마디가, 꼭 내가 글을 쓸 때

마다 늘 내 머리 속을 맴돌아

　내 글의 방향을 짚어주었다.

　물론 글을 쓸 때는

　어느 정도의 솔직함과 또 약간의 우울함, 마음 깊이 숨겨져 있
는 어두움이 필요할 때가 있다.

　유명한 작가들의 말에 따르면, 어두움은 글을 쓸 때의 원동력
이 될 수도 있다고 하니 말이다.

　우울하거나 어두운 분위기의 글이 나쁘다는 게 아니다. 그런
글들은 오히려 사람의 솔직함을 잘 이끌어낼 수 있고 또 쉽게 공
감하고 마음을 나누게 될 수 있다고 나는 생각한다.

　그렇지만, 난 어두움에서 내 글의 원동력을 얻고 싶지 않았다.

　어둠 속에 갇혀있지 말라는 그 말이, 나를 어둠으로 가지 못하
게 만들었다.

　사람들이 웃을 수 있는 글을 쓰고 싶었다.

　누군가 나로 인해 웃음을 지어보일 때면 난 그 웃음으로 충분
히 행복해졌다. 어쩌면 그래서 더더욱.

　나의 글을 읽고 나서 내 독자님들이 웃음을 지을 수 있었으면
좋겠다고 생각했다.

짧은 글일지라도,

특별하지 않은 한 문장일지라도

당신이 웃을 수 있게 된다면, 그 이유가 나로 인한 것이라면 어떻게 행복하지 않을 수가 있겠는가.

그래서 나의 글은 어쩌면 밝은 분위기로만 결론이 나는 것일지도 모르겠다.

어쭙잖은 위로처럼 느껴지더라도, 서툰 말이더라도 당신의 마음을 진심으로 응원하고 있으니까.

하늘에 흘러가는 아름다운 구름을 함께 바라보고 싶어서

좋은 노래가사를 함께 공유하며 또 나누고 싶어서

이렇게 감정을 공유하고 당신과 친구가 되어가고 싶으니까.

그게 내가 글을 쓰는 이유이다.

이것이 내가 책을 내고 싶은 이유이다.

내가 나다워지는 시간.

나로 서 있을 수 있는 여행.

그렇다.

나는 낯선 곳에서야 비로소 내가 된다.

자유가 주는 특유의 불안함.
아니, 어쩌면
또 다른 시작을 알리는 것일지도 모르는 두근거림

한 송이의 꽃봉오리에서
한 개의 꽃잎이 떨어진다
바람에 흩날리며
살포시 살포시

톡 소리를 내며 바닥에 떨어진다.
꽃잎의 눈물인지
그런 꽃잎이 애처로워 가슴앓이를 하는
어미의 눈물인지

붉게 물든 꽃잎은 물에 젖어
가늘게 떨리어진다.

사람은 각자만의 추억을 간직한 채 살아간다.
모두의 추억이 조금씩 틀리더라도

결국 우리는 그 반짝이는 기억들을 가지고 있기에
다음으로 나아갈 수 있다

그 추억들이 모여들어 나를 만들어가기 때문에
그 반짝임들이 나의 존재를 더더욱 빛내주기 때문에

내일이 아닌 오늘,

나중이 아닌 현재를 살아가는 것.

그대로 괜찮은 오늘이어서.

잘 하고 있다고. 단지 그것뿐이나.

작은 일

소소한 일에 감동받는 하루를 살아가고 싶다.
이를테면,
파란 하늘 위에 떠있는
뭉게구름을 바라보는 것만으로도 행복해지는.
그런 하루 말이다.

하고 싶은 일들과
해야만 하는 일 사이의 경계

더 활짝 미소 지었다.

소리 내서 웃어본다.

거울 속의 내가 웃고 있다.

무엇이 그리 행복한지 큰 소리를 내며 즐거워한다.

그랬다.

아니, 그 뿐이다.

혹시라도, 아주 혹시라도.

내 우울함이 새어나가 버릴까봐.

"누군가를 좋아한다는 것은
그 사람의 눈으로 함께 세상을 바라본다는 것이다"

우연히 발견했던,

그다지 길지 않은 이 문장이

어째서인지

내 마음을 파고들어, 떠날 줄을 몰랐다.

눈을 감아야만 보이는 나만의 세계.

사랑엔 우연이 필요해요.

생각보다 많은 우연이.

하고 싶은 걸 하려고 선택한 건데
하고 싶은 걸 하는 게 맞는 건지 잘 모르겠어서

그대로 괜찮은 오늘이어서.

아무것도 하지 않아도 괜찮다고
지금 이대로도 이미 충분하다고.

진심으로 웃으면서 이야기할 수 있는 사람이 되고 싶었다.

무득, 그런 생각이 들었다.
어디서 어떻게 살아가든
매일을 여행하는 마음으로 살아가게 된다면
참 즐거울 것 같다는.
그런 생각.

모두와 친구가 되고
또 언제든지 훌훌 털어낼 수 있는.

가장 먼저
나다워지는 연습

때로는,
기쁨을 나누는 일보다
슬픔을 나누는 일이
더 정확하다.

참 많은 고민들을 반복하고, 수십 수백 번의 수정을 거쳐 드디어 저의 첫번째 책을 출간하고 여러분 앞에 이렇게 보여드릴 수 있게 되었습니다.

가장 먼저는 우선 저의 첫 여정을 함께해주신 독자님들께 감사의 인사를 전해봅니다.

모든 글들을 마무리 하고 이미 디자인 작업마저 들어갔지만 저의 이름으로 된 책이 나오게 된다는 것이 사실 아직까지도 실감이 잘 나지 않는 것 같습니다. 며칠 전, 책의 표지 디자인을 받아보고 나서야 "아 이게 내 책이 되는건가?"라는 긴장감과 기대감으로 아주 조금이나마 실감이 날까말까 했지만요.(웃음) 책을 직접 받아보기 전까지는 아마 계속 믿기지 않을 것 같네요.

이 책을 출간하는 것은 저에게 있어선 큰 모험이었습니다.

막연하게 작가라는 꿈을 평생 간직해왔지만 이렇게 빨리, 갑자기 준비하게 될 줄은 상상도 하지 못했기에 부족한 부분도 있고, 허술한 부분들도 분명 있을 거라는 생각이 듭니다. 제가 다시 돌아보아도 벌써 눈에 띄는 미숙한 부분들도 존재하고요.

완벽하지 못하니까, 제가 해내고 싶었던 작업은 최대한 솔직하게 10대 시절을 지나가고 있는 저를 이 책 가운데 담아내보는 것이었습니다. 지금 제가 가지고 있는 생각들, 감정들, 혼란스러움들을 말이죠.

이 시기를 거쳐서 전 성장하고 분명 언젠가는 진짜 어른이 되겠지요.

가장 먼저는 그때의 제가 저 스스로를 다시 돌아보았을 때, 지금의 저를 간직할 수 있도록. 미래의 제가 지금의 저를 기억하며 웃을 수 있기를 바라는 마음으로 글을 쓰게 되었습니다.

앞으로 또 바뀌어갈 저의 시선에서 지금의 저를 바라보았을 때 전 어떤 사람일지 벌써부터 참 궁금해집니다.

그렇지만 무엇보다, 책을 출간하기로 결정했던 가장 큰 이유는 저의 마음을 함께 나누고 싶어서였습니다.

이 글이 독자님에게 어떻게 다가갔을지, 작가인 저는 참 궁금해집니다.

그래도 괜찮은 글이였을지.

공감이 가거나 웃음을 짓게 되었던 부분이 있었을지.

이 글로 당신의 마음이 조금이나마 따스해졌다면, 한번이라도 웃음을 지을 수 있었다면 저에게 있어서는 작가로서의 첫 성공이라고 생각합니다.

제가 원했던 것은 같이 감정을 나누고 시선을 공유할 수 있는, 그런 글을 적고 싶었던 것이니까요.

이번 책을 통해 저는 새로운 발걸음을 내딛게 되었습니다.

첫 번째 발걸음을 떼는 것은 중요하지만 첫 걸음만 가지고 "성공이다, 실패다"를 판단할 수는 없지요.

이 책의 결과가 어떻든 간에 앞으로도 저는 작가로 살아가고 싶습니다.

계속해서 글을 쓰고, 사진을 찍고, 그림을 그리고.

이 세상에 계속해서 저의 시선을 담고 나누어 가고 싶습니다.

저의 시선을 응원해주고 함께 동행해주셔서 참 감사합니다.

책 출간을 위해 도와주신 작가님, 디자이너님,

늘 꿈을 지지해주시는 부모님.

함께 응원해주고 수많은 응원을 보내준 친구들과 언니오빠들.

저의 고민을 들어주시고 계속해서 글을 쓸 수 있는 마음의 힘을 낼 수 있도록 이끌어주신 담임 선생님.

모든 분에게 진심으로 감사의 인사를 전해봅니다.

그럼, 다음 책으로 만나뵙기를 기원하며 저는 여기서 인사드리겠습니다.

2019년 8월 어느날

최은서